グインが剣をかざして飛び出し、擬闘のあいだに割り込むと大歓声がおこった。
(133ページ参照)

ハヤカワ文庫 JA
〈JA863〉

グイン・サーガ⑩

快楽の都

栗本　薫

早川書房
5948

THE CAPITAL OF CORRUPTION

by

Kaoru Kurimoto

2006

カバー／口絵／插絵

丹野　忍

目次

タイスの神々

サリュトヴァーナ……至高の女神。快楽と愛のすべてをつかさどる。
ヌルル…………サリュトヴァーナの夫。好色の神。
サール…………「もうひとつの快楽」をつかさどる。裏門の神。
ミーレ…………女色の快楽をつかさどる。
ディタ…………賭け事の神
エイサーヌー……オロイ湖の水神
ラングート………蛙頭の女神。タイスの守り神。

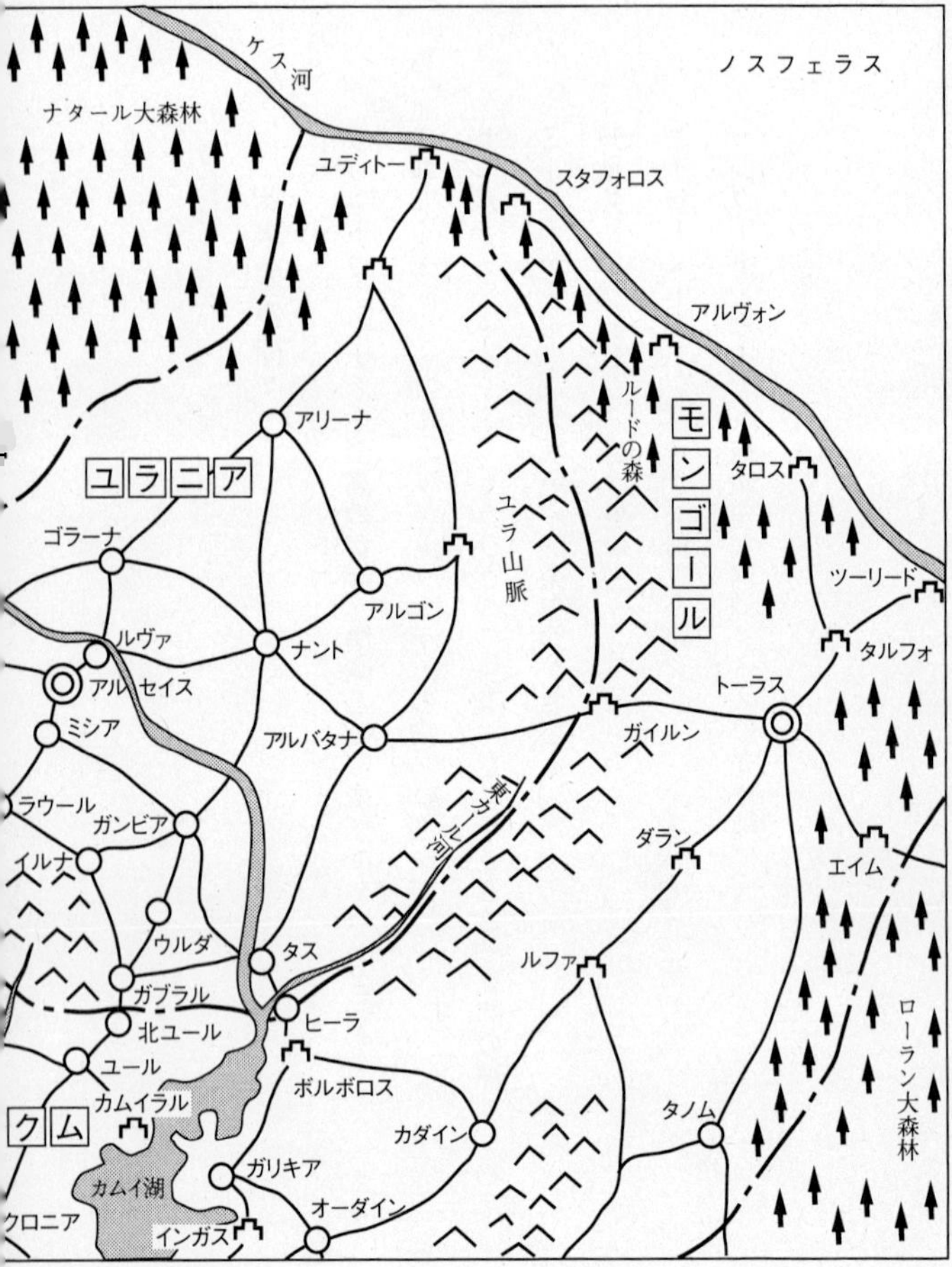
ケス河
ノスフェラス
ナタール大森林
ユディトー
スタフォロス
アルヴォン
アリーナ
ユラニア
モンゴール
ルードの森
タロス
ユラ山脈
ゴラーナ
アルゴン
ツーリード
ルヴァ
ナント
タルフォ
アルセイス
トーラス
ミシア
ガイルン
アルバタナ
東カール河
ラウール
ガンビア
ダラン
イルナ
エイム
ウルダ
タス
ルファ
ガブラル
北ユール
ヒーラ
ローラン大森林
ユール
ボルボロス
カムイラル
クム
カダイン
タノム
ガリキア
カムイ湖
オーダイン
クロニア
インガス

〔中原拡大図〕

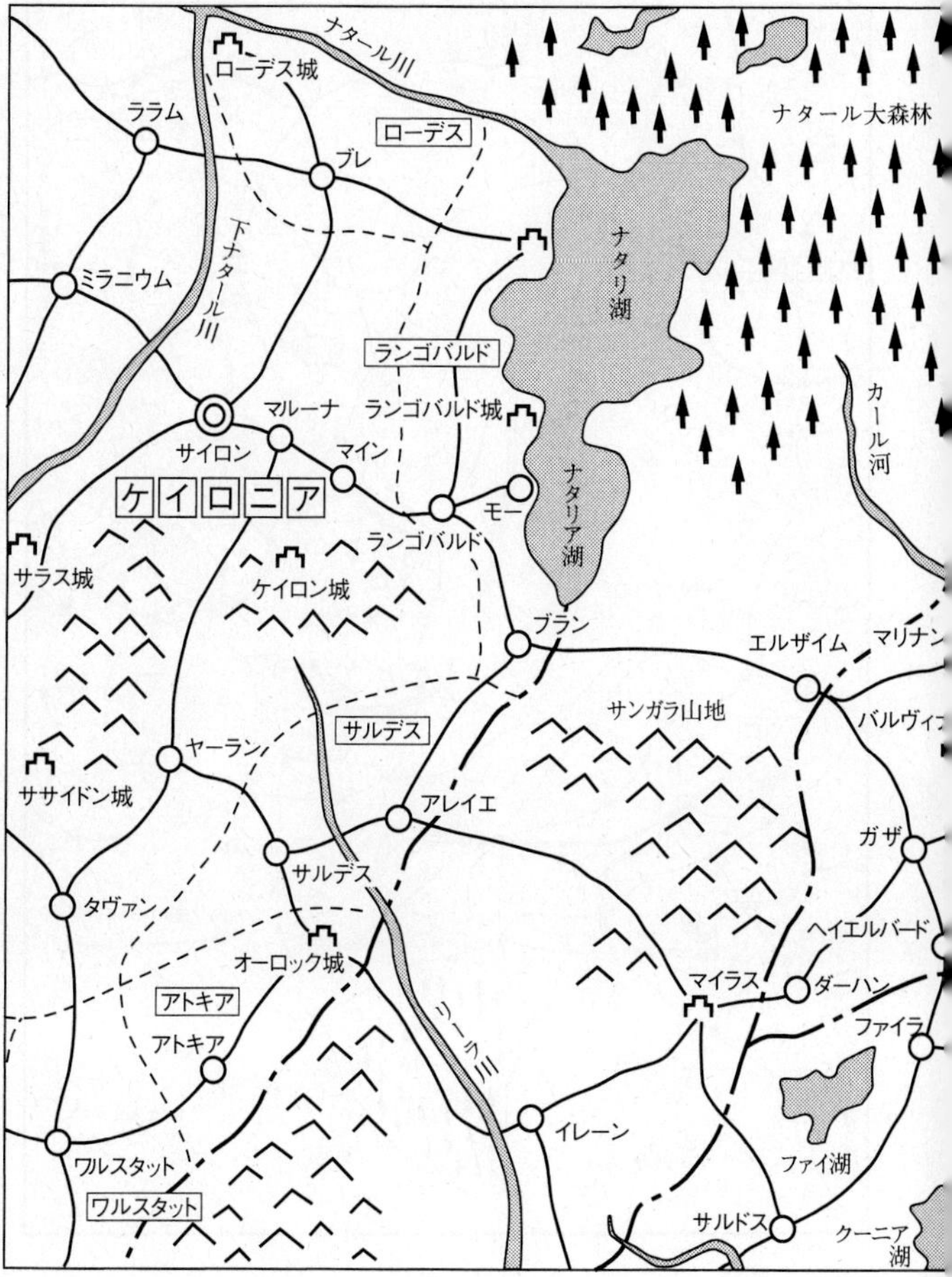

ナタール川
ローデス城
ララム
ローデス
ブレ
ナタール大森林
ナタリ湖
下ナタール川
ミラニウム
ランゴバルド
ランゴバルド城
カール河
マルーナ
サイロン
マイン
ケイロニア
モー
ナタリア湖
ランゴバルド
サラス城
ケイロン城
ブラン
エルザイム
マリナン
サンガラ山地
バルヴィ
サルデス
ヤーラン
ササイドン城
アレイエ
ガザ
サルデス
タヴァン
ヘイエルバード
オーロック城
マイラス
ダーハン
アトキア
ファイラ
アトキア
リーラ川
イレーン
ファイ湖
ワルスタット
ワルスタット
サルドス
クーニア湖

〔中原拡大図〕

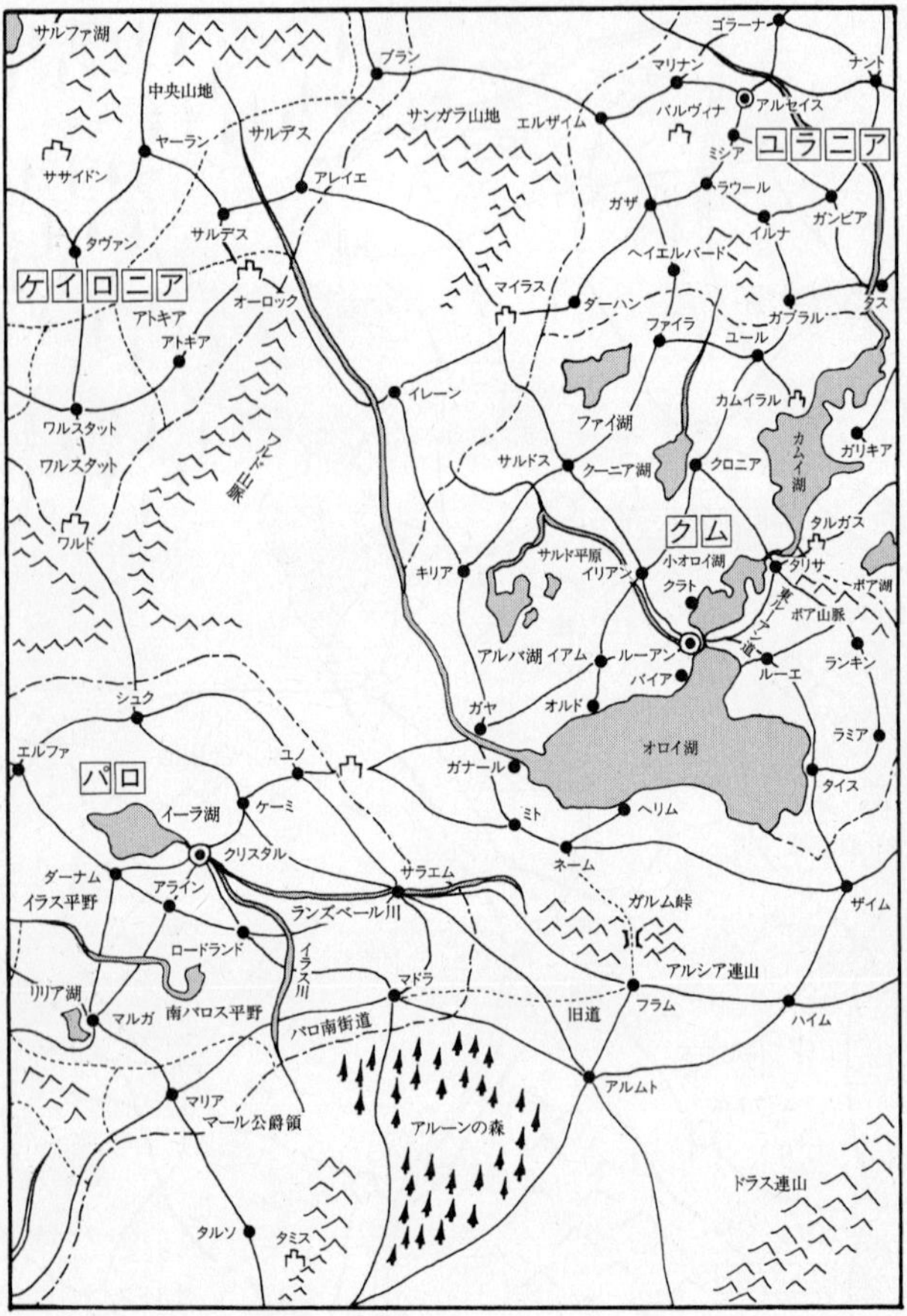
サルファ湖
中央山地
ブラン
ゴラーナ
ナント
マリナン
アルセイス
バルヴィナ
ユラニア
ミシア
サンガラ山地
エルザイム
ヤーラン
サルデス
ササイドン
アレイエ
ガザ
ラウール
ガンビア
イルナ
サルデス
タヴァン
ヘイエルバード
ケイロニア
マイラス
オーロック
ダーハン
タス
ファイラ
ガブラル
アトキア
アトキア
ユール
イレーン
カムイラル
ファイ湖
カムイ湖
ガリキア
ワルスタット
ワルスタット
ワルド山脈
サルドス
クーニア湖
クロニア
クム
タルガス
ワルド
サルド平原
小オロイ湖
イリアン
タリサ
キリア
クラト
ボア湖
ボア山脈
ルーアン
ランキン
アルバ湖
イアム
バイア
ルーエ
オルド
ガヤ
シュク
ラミア
オロイ湖
エルファ
ユノ
ガナール
パロ
タイス
イーラ湖
ケーミ
ヘリム
ミト
クリスタル
ネーム
ダーナム
サラエム
ザイム
イラス平野
アライン
ランズベール川
ガルム峠
ロードランド
イラス川
アルシア連山
マドラ
リリア湖
フラム
ハイム
マルガ
南パロス平野
旧道
パロ南街道
アルムト
マリア
マール公爵領
アルーンの森
ドラス連山
タルソ
タミス

快楽の都

登場人物

グイン……………………………………………………ケイロニア王
マリウス………………………………………………吟遊詩人
リギア……………………………………………………聖騎士伯。ルナンの娘
フロリー………………………………………………アムネリスの元侍女
スーティ………………………………………………フロリーの息子
スイラン………………………………………………傭兵
タイ・ソン……………………………………………タイス伯爵
ロー・エン……………………………………………タイスの騎士長
ダン・ロンファ………………………………………タイ・ソンの小姓頭
エン………………………………………………………タイスの酒場の親父

第一話　夜の都

1

艶やかな湖水の青が、ずっともう、かれらの行く手にひろがっていた。まんなかのほうは深い瑠璃色をたたえ、そして、岸に近いほうは、もっとずっと明るい青に輝いている。湖岸はすべて石でかためられて崩れぬように補強されており、その岸壁にうちよせるさざ波はきらきらと明るかった。

色とりどりのグーバが陽気なミズスマシのように湖面を走り回っている。その数は、どうやら、一ザンほど前から、ぐんと増してきていた。

ルーエからタイスに向かう道は、陸路かなりオロイ湖を離れるタイス街道と、ちょっと時間のかかる、オロイ湖畔にそった旧街道、そして、オロイ湖のまんなかまで出てから、東を目指すタイス航路の水路の三通りにわかれている。

グイン一行――というか、『豹頭王グインと吟遊詩人マリウス一座』のために、タイス伯爵タイ・ソンの使者たちが用意してくれたのは、オロイ湖をわたる水路であった。それが一番早いだけではなく、一番安全だし、楽なのだ、というのが、タイス伯爵の迎えにたった騎士長ロー・エンのことばだった。

当然、馬車と馬ごと運ばなくてはならなかったので、大きな五十人乗りの船が用意されていた。他の乗客はむろんいなかった——ロー・エンが率いている十五名の騎士の小隊だけであった。ロー・エンが連れてきた五十名ばかりの部下たちの残りのものは、ロー・エンが命じて、陸路タイスへと帰っていったのである。

埠頭から、大きな渡し板を渡して、二台の馬車と馬とがこの船に乗せられた。スーティはびっくりしているようでもあったが、ひどく興奮してはしゃいでいたので、かけまわらないようにフロリーがひっきりなしに注意してやらなくてはならなかった。

グインについては、ロー・エン自身も、その部下たちも、ひどく興味をもやしているようであった。無事に《一座のものたち》が船に乗り込んでしまい、大きな茶色く塗った格調高い船がルーエの船つき場の岸を離れてオロイ湖に乗り出すと、ロー・エンは早速グインの話を聞きたがった。

とはいうものの、その前にまず、ルーエをはなれるについては、親切なハイ・ラン老人や、ルーエの顔役たちとのなかなかに涙ぐましい別れがあったことはもちろんであったた。タイス伯爵の迎えの要旨は「いますぐに」「なるべく早く」ということであったが、

「芸人の仁義」を重んじるマリウスとしては、当然、約束した分だけの興行はすべてやってゆくつもりであった。

ハイ・ラン老との約束では、今日も昼夜二回の公演を見せることになっていたのだが、さすがにタイス伯爵のようなおえらがたをあまりに待たせるのは無礼であろうとハイ・ラン自身が心配したので、その夜は打上げの宴会もなく、今日中にタイスに向かうことになった。そのかわり、二回の公演は、時間を早めにして、昼間のうちに二回おこない、それでは時間が足りなくなる分は、くだんの「豹頭王拝謁の儀」を二回公演のあいだの一回だけにする、ということで、話がついた。ハイ・ラン老はとても残念そうであったが、

「いや、でも、わしらは残念だが、これは芸人のあんたらにとってはとてつもない素晴しい好機じゃでな」

あくまでも老はマリウスたちに親切であった。

「無理をいってルーエでもこれだけ公演をしてもらったことでもあり、この上の無理はとても言えんよ。――だがそれに、このルーエでは、これからむこう十年にわたって、あんたらの一座の出し物は語りぐさになるじゃろうからの。――みな、あんたらのことを忘れんじゃろう。そうして、またあんたらがきてはくれぬかと首を長くして待っているに違いない。――もっとも、わしは、もう老齢なので、次にあんたらがあちこちまわ

って、ルーエに運よくきてくれたとしても、もう会うことはかなわんだろうがの。――スーティ坊やを養子にくれというて、断られはしたが、本当にこの子は利発な子じゃし、それにこの子は必ず大物になるよ。――それもとてつもない大物になるかもしれん。実に、なにかほかの子供とはまるきり違う星を持って生まれついていることがひと目でわかる。こんな子はわしはこれだけの長さ生きておるが、はじめて見たよ。――はじめて見たといえば、マリウスさん、あんたのような歌い手も、グイン陛下のようなみごとなからだや戦いぶりもはじめて見たがの。本当に。こんな珍しいものをたくさん見せてもらって、寿命がのびたし、気も晴れたし、大評判をとってもらって、まことにわしの面目もたったよ。有難うよ――ひとつだけ本当に残念なのは、わしがもうとても老齢なので、スーティ坊やが成人して――成人まではせぬまでも、せめて十五、六の立派な男の子になってどんないい若者に育つかというのを、見るまではたぶんいのちがもたぬだろう、ということだな。たとえまたルーエにきてくれたとしても、わしはもう冷たい土の下じゃろうからな」

「本当に、ハイ・ランさまにはよくしていただきました」

マリウスは、老人の手をとって名残を惜しんだ。

「ぼくも長いあいだ旅から旅の吟遊詩人の暮らしを続けてきました。そのあいだにたくさんの町を訪れ、たくさんの人々との出会いや別れを繰り返して、こうしてきたのですが、こんなにお名残惜しく感じられる別れははじめてです」

「あんたは、どの町へいっても、どの客にでもそういうてあげるのじゃろうがな、マリウスさんや。だが、そういうてもらっただけで、わしはとても嬉しい気持だよ」

ハイ・ラン老人は白髯のしわぶかい顔でにっこりと笑った。

「本当に楽しい日々じゃった。日々というにはあまりにも短かったがな！　よかったらまたルーエにきてくだされ。そしてまた、出し物を見せてくだされ。何だったら、マリウスさん一人で寄ってくれて歌っていってくれても歓迎するよ。むろん一座のみんなできてくれるならこんな嬉しいことはないしな。――まあ、ともあれさいごの一回はなるべくたくさんのものたちに見せてやって、そしてたくさんのおあしをかせいで行きなされ。タイス伯爵タイ・ソン閣下は、たいそう芸事がお好きなかたじゃで、おそらくとてもお前さんたちの一座がお気にめすじゃろうよ。ただ、これは、せっかくこうして近づきになったがいに忠告しておいてあげるのだが、タイスでは、いくつかとても気を付けなくてはならぬことがあるのじゃよ」

「な、何ですか、それは」

「ひとつは、タイス伯爵閣下は、芸事がたいそうお好きじゃが、きれいな男の子もまたとなくお好みだ、ということじゃ。さすが、快楽の都タイスの先祖代々の支配者というべきか、むろん女色のほうも人後に落ちぬどころか、クムの好色の神ヌルルにだってひけはとらぬと若いころからうわさされておいでじゃが、どっちかというと――ええと、パロや沿海州ではルブリウスの快楽というのじゃな？　クムでは、『山羊の神サールの楽しみ』というのだがな。これはまあその、クムでは男でも女でも同じことなのじゃがな。もういっぽうのまっとうなほうは、まあその、『愛の女神ミーレの楽しみ』と申すがの。……ま、で、つまりはタイス伯爵はサールのお楽しみがたいへんお好きなおかたでな。まああんただったら、べつだん困りもせんだろうが――タイス伯爵に気にいられれば、いろいろといいことはあるじゃろうからな。ただもうひとつは、タイス伯爵閣下は芸事だけではなくて、武術が非常にお好みだ、ということだ。だから、きれいな若い吟遊詩人と美人の女騎士と、それに世界一の勇士ケイロニアの豹頭王グインに扮する武芸の達人、などという組み合わせの一座だときいて早速に御招待を寄越されたのに違いない」

「ははあ、なるほど……」

「だが、おまけにタイス伯爵閣下はかなりその――おのれの武芸に自信をもっておられるおかたでな。悪いことは云わぬから、グインさんや、タイス伯爵と手合わせをと所望されたら、断るか、うまく負けてやるか、することじゃな。まあ、マリウスさんは、違う手合わせを所望されたら、うまくあしらったらよろしいが。それともうひとつ」

「まだ、あるんですか。厄介な閣下だな」

思わず、マリウスはもらした。ハイ・ランは笑い出した。

「いや、これはタイス伯爵閣下の話じゃあない。勇将のもとに弱卒なしとやら、もっともこれは、クムのことわざでは、文字通り『タイスの住人に、お楽しみから逃げ出す人間はひとりもおらぬ』というのだがな。つまり、そういうことだよ。快楽の都タイスというのは、クムのなかでもたいへんに特殊なところでな。すべての基準がほかの場所とは——ルーアンとも、むろんこのルーエとも、ほかのどことも違うている。みんな、タイスの人間はそういうものだと思って育つし、タイスにゆくものも、そういうものだと思って、それを求めにゆく。まあ他の国の人間はどうだか知らないが、クムでは、楽しみが欲しくなったものは、子供であれ老人であれタイスに出むいてゆく——タイスの町なかでおこることは、何によらず、タイスのなかだけで終わることで、決して、よそには持ち越されない。タイスには、いくつかの特別な決まりごとがある——マリウスさんは、タイスにいったことがあったかの?」

「いや、ちょっと通り過ぎたことくらいはありますけどね。ちゃんと長逗留したことはまだ。そうか、前に通ったときには、新婚の女房と行ったんだった。それがまたばりばりにお堅いケイロニア女ときているものだからね、タイスといっても、町の外のはたごにとまっただけで、あまりたいした仕事もせずにすぐ通り過ぎてしまったなあ」

「ほほう、そりゃ面白い話をきくものだ。あんたのような吟遊詩人の奥さんがお堅いケイロニア女だって？　そりゃまたずいぶんと似合わない相手を選んだものだな」

「ええ、まあ、べっぴんだったんでね。そのおかげで、現在のところは破鏡の嘆きをみることにもなってるんですが」

「そうじゃったのか。だがまあそれじゃその奥さんとやらと一緒にタイスにゆくことにならんでよかった。タイスの不文律のおきてというのはな、皆さん、このようなものなのじゃ。——ひとつ、タイスでは、どのような快楽も、快楽であるかぎり悪ではない。ふたつ、タイスの堀の内でおこることは、タイスの堀の外へは決して持ち出されない。みっつ、タイスの堀の外でおこることは、タイスの堀の内には持ちこまれない。よっつ、タイスでは、金で買えないものはひとつもない。いつつ、タイスでは、楽しむことがもっとも正しく、よいことである」

「なんか、楽しそうなところだなあ」

　マリウスはにやにやしながら云った。

「少なくともぼくにはあってると思うけれどもな。まあ、ここにいる彼女はミロク教徒なので、たぶん彼女の信仰心にとってはたいへん試練を受けなくてはならないことになるんでしょうけれどね。——でも、旅芸人が稼ぐためにはとってもよさそうなところですねえ」

「まあ、そりゃ、だから世界じゅうの芸人はいっぺんはタイスの舞台にたってみろ、といわれるのだよ。マリウスさん」

ハイ・ラン老人はよく太った顔をほころばせた。

「ともかく、タイスはわしらクムの、タイス以外のところに暮らす人間たちにとってもなかなか特別なところじゃで、そのことだけは忘れなさんな。タイスにはタイスのきまりがある、ということをな。それはもうそういうきまりごとなんじゃから、タイスにいって、それをイヤだというてもはじまらん。それがイヤならタイスにゆかぬことじゃ。タイスのあがめる至高の女神、この世のすべての快楽という快楽の女神にして好色の神ヌルルの永遠の相棒であるサリュトヴァーナは、『人間は楽しむために肉を与えられた』と託宣されているからな。それが、タイスの考え方なのだ。それについて四の五のいうてもはじまらん。そりゃもう、ヤガにいってミロク教徒について四の五のいうてもはじまらんのと同じことだよ。それゆえ、お堅い人間はタイスに足を踏み入れぬことだ。おのれの心の平和のためにな」

「それはすごい。でもたぶん、このフロリー以外のこの一座のものは誰も、そんなにタイスにひるむやつはいないと思うな……そうでもないのかな」

マリウスはにやにやしたが、しかし、グインについては、もうひとつわからぬことも多かったので、口をにごすことにした。それに、スイランについてだって、まだ知り合って日も浅かったのだし、それほど詳しく知っているわけではなかったのである。

しかし、そのようなわけで、ハイ・ラン邸でのさいごの公演――といっても初日はその前日であったが――もまた、大盛況のうちに幕をとじることになった。ハイ・ラン老人はかれらとの別れを惜しんで、盛大に客たちにもおおばんぶるまいをしてやろうと、広大な庭先の、客席の入口のところに大きな酒壺をいくつもすえさせ、入ってくる客で飲めるものには気前よく、大きな茶碗に一杯づつのクムのはちみつ酒をふるまったので、客たちは御機嫌になり、そのハイ・ランの好意にこたえるように気前よく祝儀をはずんだ。中には、感極まっておのれのしていた高価な紫貴石の首飾りをはずし、スイランの持ってまわる祝儀箱のなかに投げ込んでしまう婦人さえいた。むろん、そのような気前のいい客のためには、マリウスがぬけめなく、接吻つきでリクエストにこたえてやったのだが。

客たちはルーエの町からだけではなく、タリサからも、ランキンからやってきたというものもいた。だが、これからタイスにゆくことになった、ときかされると、一様にちょっと苦笑して、ためらいながら顔を見合わせるのであった。

「タイスにいってしまうのね……マリウスさま」

「まあ、きっとあなたなら、タイスでも大成功をおさめられるでしょうけれど……」

「あんまり、かせぎすぎて、おからだを壊さないようになさいましね。もしあんまり疲れたらまたルーエに戻ってきて静養なさいまし」

「タイスは、大変ですよ……楽しいけれどねえ。タイス生まれの人間はともかく、クムでも、ほかのところで生まれた者は、そうですねえ、タイスで三日以上暮らしていると……」

三日以上、タイスで暮らしているとどうなるのかは、彼女たちは恥ずかしそうに笑いさざめくばかりで何も云わなかった。

だがそれはそれとして、彼女たちも、また男の客も、みなさいごの公演を目一杯楽しんだようであった。看板のグインと花形のマリウスはむろんのこと、リギアのリナにも、スイランにも、スーティにも、おしみなく賞賛とそして特別のご祝儀があびせかけられた。花をもってくるものも多かったし、酒だの、自分のところでとれたという果実だのを持ってくるものもいた——これは、あとでマリウスが一括してハイ・ラン老人に謹んで進呈したのであったが——そして、ことにこの地でのさいごの公演となったこの日二回目の公演には、あとからあとからリクエストが殺到し、拍手がなりやまず、そして総立ちになった観衆たちはいつまでも別れを惜しんで立ち去ろうとしなかったのであった。

その、かっさいを背にして出てゆくのは、マリウスには残念でもあったが、だがまた、もっともよい気分のところでもあった。

「有難うございます！　ルーエの皆さん、そしてルーエにおいで下さった皆さん！」

マリウスはもう生まれてこのかたこうして旅興行を続けてきた、としか見えない堂に入ったようすで、もらった花束をかかえきれぬほど腕にかかえ、手をふった。

「本当に、この地での興行のことは忘れません！　短いけれど、本当によくしていただき、たくさんたくさん喜んでいただきました。またもし来られたら、ぜひともルーエにきたいと思います。本当にルーエの皆さま、そしてハイ・ランさん、有難うございました！　またお目にかかれたらぜひとも声をかけて下さい」

本当は、もう、二度とこのような一座で巡業することもないし、従ってこの一座がルーエにくることもありえないのだ。それを思うと、さしものマリウスも、多少感傷的になっているようであった。

「あれだけ喜んでくれるのをみてると、なんだか、ぼくは、ああ、本当にただの旅芸人で、またルーエにくるよ、と約束が出来たらどんなにかよかっただろうに、って思ってしまうよ」

すべてが終わって、あわただしい出発の準備をしながら、マリウスはそっとグインに囁いた。

「でも、本当にただの旅芸人だったら、きっとこんなに大当たりはとれなかったんだろうなあ。――うまくゆかないものだねえ。本当に必死で稼いでいる旅芸人だと、そうはゆかなくて、旅芸人のふりをして人目をごまかそうとしたら、こんなにばからしいほどの大当たりをとってしまうなんて」

「シッ、ここではそのようなことをいうのはよせ。スイランが聞いているかもしれんぞ」

グインは低く注意した。マリウスはうなづいて、さりげなく話をすりかえた。

「でも、本当に、ばからしいほどの、というより信じがたいほどの大当たりだったんだよ。どんな一座だって、これほどの大当たりの話をきいたらねたましさのあまり黄色くなってしまうだろう。いったい、ぼくたちがこの二日間とタリサでの興行でどれだけ稼いだか知ってるかい、グンド？　もう、この稼ぎだけで、つましいフロリー親子なら一生食べられるくらい、稼いでしまったんだよ。少なくともぼくには、何の運はなくとも、金運だけはあるね。そうでなくても、キタラ一本持って歌さえ歌っていれば、これまでに食いはぐれたことは一度としてないんだ」

「それはなかなか豪勢なことだ」

というのが、グインの答えであった。

「一生、そのままでゆけばよいのだがな。――それはそうと、この貰いものの山はおいてゆくのか」

「よりわけて、持ってゆくものとおいてゆくものと、ハイ・ランさんにあげてゆくものにわけるけれどね。でも、ちょっとだけ、一番いいはちみつ酒は何つぼか馬車に積んでもってゆこう。きのうの夜の酒宴でわかったけど、あのスイランてのは底なしの酒飲みだし――おまけにいくら飲んでもけろりとしているときた。なかなか、豪傑だよ、あいつは」

「ああ。確かに酒も強いし、腕っぷしも強い。だが、あいつも本当にタイスについてくる気かな」

「そりゃ、そうだろう。それに、いまの出し物だと、あいつがいないと話が進まないしなあ」

「まあ、よく働くし、重宝ではあるがな」

グインは多少苦笑まじりにいった。

「しかしどうももうひとつ、えたいが知れぬ。気が許せぬ、というかな。――まあ、だんだん、決して悪いやつではなさそうだ、という気はしているが、しかし正体が知れぬというのは困る。あの当人が喋った与太話など、信じるわけにはゆかぬからな」

「グインはたぶんどこかの間者に間違いないといったけれども」

マリウスはグインのかたわらによりそって、出来るだけ低い声でささやいた。

「まだ、どこの間者とも見当はつかないの？」

「それは、俺はそれほどいま中原の情勢に詳しいわけでもない。お前のほうがよほど、中原のことについては知っているだろう。ことばづかいだの、知識のありようだの、顔つきなどについても、どこの国のやつだったらどうということは俺にはわからぬ。また、もしそうやって間者に出すなら、あまりにはっきりとどこからきたとわかる者は出さないだろう。俺にいえるのは、あいつはかなり強い、それに腹もすわっている、ということだけだな。お前は、あいつはどこの出身だと思う。あいつは適当なことをいっているが、そうではなく、本当にはだ」

「そうだねえ、なまりは全然ないし——というよりいろいろなまりをわざとまぜこぜにしてしゃべっているみたいな感じがするときもあるし……顔は、まあ、ユラニアともみえるし、沿海州ともみえるし……絶対にみえないのはクムとケイロニアくらいのものだなあ。パロだって、都会じゃなく、南部のほうなら、ああいうやつはいなくはない……うーん、わからないなあ。ただ、ずいぶん、あいつ、いろいろなところにいっているね」

「ああ、かなり、経験はつんだやつだと思う」

グインはうなづいた。

「ともかく、あいつからは俺は目をはなさずにおく。当分、なにげなくあいつのことは見張っているつもりだ。——それにしても、タイスというのは本当になんだかとてつもないところのようだな。俺はむしろ、スイランよりもそちらのほうが心配かもしれん。お前やリギアはともかく、フロリーと俺——とスーティには、あんまり、似合ったところでもなさそうだ」

「さあ、まあ、ぼくには、グインの快楽についての考え方まではわからないんだけど。国もとに奥さんがいるからといって、何も外で楽しんではいけないっていうほど、ミロク教徒みたいな考えをしているわけじゃあないだろう？　タイスでもし、美しいみだらな貴婦人にでも買われることになったら、どうしてほしい？」

「それはまあ……俺としては、あまりそういう、個人的な状況になりたいとは思わんな。べつだん、肉の快楽をすべて拒絶するというわけではないが、いまの場合、俺としては、この豹頭をぬげといわれても困るし、また、この豹頭のままどうこうしろといわれても困る。何よりも、とてもはっきりしているのは、俺は——ここにいるこの俺にとっては、生まれてからまだ数ヵ月しかたっておらぬようなものなので……」

「わあ、そうか」

マリウスは目をまんまるくした。そして、思わず私物を片付けていたフロリーがとびあがってふりむくような笑い声をあげてしまった。

「以前は知らないけど、いまのグインは……本当に生まれてから数ヵ月の赤ん坊みたいなものなのか。そのう、何に関してもだけど。——そうかあ、生まれて一年もたっていないとしたら、そりゃあまあ、快楽を求める気持になんかなれないかもしれないなあ。わかったよ、じゃあ、タイスについたら、きっとそのグインの体格をみると、あれやこれやと言い寄ってくるあだな貴婦人だの、それこそルブリウスのなよなよしたおかまだのがいるに違いないと思うけど、そういうのはみんな、さりげなくぼくが追い払ってしまえばいいね？」

「それはぜひともそう願いたい。俺としては、女性はまだしも、ルブリウスとやらの新しい扉をあけようという心持は皆目ないのだからな」

「そりゃ、そうだ。わかったよ。じゃあ万事、ぼくにまかせておいて。そのかわり、ぼくのほうは若干それなりに――タイスの風習に馴染もうとするかもしれないけど、それは大目に見てよね。とりあえずいまのぼくは独身に戻ってるわけなんだし、もう何も特に、手枷足枷をはめるものはないんだから」

マリウスはニヤニヤ笑った。だが、声は低めて、フロリーにはきかれないようにした。

「ちょっとは、人生を楽しみたいからね、ぼくだって。だけど、ミロクさまにとがめられない程度にすることにするよ。フロリーに嫌われたくないものな。それがまあ、いまのぼくにとっては最大の手枷足枷ってことなのかな」

2

と、いうわけで——

そのような騒動をへて、無事にマリウスとグイン一座をのせた船は、まだ夕刻にはほんの少し間のあるころあいに、ルーエの岸をはなれたのであった。

ずいぶんとあわただしい出発であったが、「今宵はとりあえず、タイ・ソン閣下のお館にて、饗応の宴を下される。その宴は閣下の個人的なものゆえ、その宴にてそれぞれに自慢の芸をお目にかけるがよい。そののち、お館のうちに宿泊をゆるされ、そして、そののち明日、正式の興行をご披露するよう」

とロー・エン隊長から云われていたので、夕刻か、遅くも夜に入ったころあいには、オロイ湖を渡ってタイスに到着したい、というのがかれらの予定であったのだ。さいわい、オロイ湖は波もなく、風もしずかで、きわめておだやかであった。そこを、五十人乗りの大船は、船底にいて船をこぐ専属の船こぎ人夫たちのはたらきで、矢のようにしずかな湖面をすべっていったのであった。

「わあ、すごい。これはまたずいぶんと早い船なんだな」

へさき側の甲板に出て、しだいにゆるやかに暮れてゆくオロイ湖の美しい風光を楽しみながら、マリウスは歓声をあげた。かたわらに、スーティを抱いたフロリーも、リギアも、またスイランもグインものぼってきて、このみごとな、もう二度と見ることもないかもしれない光景を鑑賞していた。

風力で動く船ではよほど順風に恵まれないかぎりありえないような速度で、船はすいすいと岸をはなれ、オロイ湖の中心部へと出てゆく。どんどん、ルーエの町が遠くなる――もう、あの豪壮なハイ・ランの邸もたくさんの石づくりの家々のあいだにまぎれ、どれがそれなのか見分けもつかない。

かれらの船が出てゆきつつあるのは、はじめての「大オロイ」であった。これこそが、「中原の中の海」と通称される中原最大のこの湖の本領である。船のゆくほうに目をむけると、まさに、それは、海としか思えなかった。

どこにも、すでに、真後ろにどんどん遠ざかってゆくルーエの岸以外、前も、右も、左も、岸は見えない。こんなところで万一船がひっくりかえりでもしたらどうなることだろうと、思わず心配性のフロリーがミロクの祈りをとなえるほどにも、それは広大であった。

「すごい、すごい。本当にこれは海としか思えない。これが本当に湖だなんてねえ」

マリウスはすでにオロイ湖を渡った経験はないわけではなかったが、それはしかし、何回味わってみても驚くべき光景であるには違いなかった。

色とりどりの陽気なグーバは可愛らしい水鳥のように湖水を自由自在に走り回っている。だがグーバが自由に行き来しているのはもっと岸近いあたりだけで、かなり湖水の中心部に出てくると、グーバの数はぐっと少なくなり、かわってもうちょっと大型の船が多くあらわれてくる。また、グーバがいても、それはささやかな帆を張って進んでいた。

いかだを組み、その上にたくさんの荷物を積んだ荷船や、また、たくさんの切り出した丸太を組み上げてそのまま船がわりにひき船にひかせて対岸へ運ぶのだろう材木いかだものろのろとやってくる。それらの材木いかだや荷船の上には、半裸の陽気なクムの水夫たちがじかにのっかっていて、こちらにむかって手をふってくる。頭にはターバンをまき、その下から黒いもしゃもしゃとした髪の毛を三つ編みに編んで日にやけた背中にたらし、胴回りに色とりどりの色紐で編んだ腹巻きをしているだけであとは上半身は裸か、せいぜいそでなしのベストをじかに着ているだけ、下半身はふくらんだ短い膝までのズボン、というオロイ湖の船乗りたちだ。毎日そのような格好で日にあたりながらオロイ湖を往来しているからだろう。前からうしろかわからぬほどにも真っ黒けに日に焼けて、いかにも精悍にみえる。

むろんオロイ湖を通ってゆくのはそうした荷物の船ばかりではなく、グインたちの乗っているような立派な軍船や、客をのせた渡し船もたくさんあった。渡し船は船首に白い巨大な鳥の頭をくっつけているのでひと目でそれと見分けがつく。それもとても高そうな、豪華な屋根つき、竜の頭つきの、中には立派に整えられた船室のあるようなやつもあれば、屋根もろくろくないところにぎっしりと対岸へ渡る商人だのおかみさんだの、貧しい旅人だのを満載した、これが沈んだりしたらどういう悲劇がおこるのか、というようなことをついつい考えさせてしまうくらいに、乗客の積みすぎで吃水線がぎりぎりまで下がっているおんぼろの定期船もある。

また、そのあいまをぬうようにして、湖水警備隊らしい細身の白と青に半々に塗り分けられた、十人乗りくらいのや五人乗り、なかには二人乗りくらいのもあったが、いろいろな大きさの船が、警備隊員をのせてしきりとゆきかっていた。さすがに船の上だからだろう、あのクム名物のような、雲丹を思わせるとげとげしたよろいかぶとをつけているものはなく、そのかわりに、これが湖水の警備隊の制服なのか、船と同じ白と青の棒縞の上着を着て、青いズボンをはき、青い小さな日除け帽をかぶっている。ずいぶん派手な制服であったが、それがたくさん大小さまざまに湖水の上をゆきかっているのは、なかなか遠くからみると美しい眺めでもあった。

だが、それも、湖水の中心部に出てゆくにつれてだんだん、船の数そのものが少なくなってゆく。そしてついに、遠く白い水脈《みお》をひいてゆく船の遠影をのぞけば、まわりに何ひとつない大海原か、と錯覚させるようなオロイ湖の中央に出た。

「すごいなあ……」

マリウスは夢中になって、まったく船室におりようとしない。スーティも同じように夢中だったが、そのうちさすがに飽きてきたらしく、甲板の上を遊びまわりはじめたので、落ちるのではないかと心配したフロリーに船室へ連れ入れられてしまった。スイランはやはり甲板に座り込み、うっとりしたようすで湖水をわたる風に身を吹かせている。グインは甲板のあがりはなの階段の上で、どしりと腰をおろしてやはりあたりのようすを眺めていた。

「ほんとに海だねえ……」

マリウスはまたしても同じことをいう。スイランがちょっと苦笑した。

「いや、こいつは、海なんかじゃねえよ。なぜって、潮のにおいがしないものな」

「ああそうか。でも、水のにおいはするじゃないの」

マリウスはたいして気にも留めずにいったが、グインはトパーズ色の目をかすかに光らせてスイランを見た。

「スイラン、お前、かなり船にも海にも詳しいようだな」

グインがおだやかに云うと、スイランは首をめぐらしてグインを見た。

「兄貴」と呼ぶことに決めたらしい。

「なんでそう思うんだ？　グインの兄貴」

スイランは、何回かの興行をへて、ほとほとグインの強さを感じ入ったらしく、「兄貴」と呼ぶことに決めたらしい。

「この湖を見ながら本当の海を懐かしんでいるような顔をしているぞ。それに、甲板を歩いているようすを見たが、実に堂に入ったものだった」

「そりゃまあ、そうだよ。俺はしばらく沿海州から船に乗ってた、って云わなかったっけか？」

「そういえば、そんなことをきいたような気もするがな」

「俺は本当にあっちにもこっちにもいってたからね。――本当に世界中といっていいくらいあちこちいったんだよ」

スイランは云った。そして、そこにいるとまたいろいろ云われると思ったのか、とものほうにまわっていってしまったが、やはり船室に入ろうとは全然しなかった。

グインが革マントにつつんだたくましいからだを湖水を渡る、しだいに冷たくなってくる夕風に吹かせていたとき、船室から、のっそりとあがってきたのは隊長のロー・エンだった。

「やあ、《グイン》陛下」

どう呼びかけていいかわからぬらしく、困ったように苦笑いしながらグインのかたわらに立つ。

「というか……本名はなんというのだ？」

「俺か、俺は、グンドというのだ」

グインは申し合わせてあった偽名を名乗った。ロー・エンはうなづいて、しみじみとグインを見つめた。

「ほんとに、みごとな体格だな！　それにその豹頭、うわさには伝わってきたが、俺もこうしてタイ・ソン閣下の使者にたって、この目でほんものを見るまで、ここまでよく出来ているとは思わなかった。これが本当に、にせものの豹頭なのか？」

「そりゃ、そうに決まっている。本物の豹頭を首の上につけた人間なんか、この世にいるはずがなかろう」

「そりゃあそうだ。ただひとり、本物の豹頭王をのぞいてはな。――だがその豹頭王は遠いケイロニアにいるわけだし」

豹頭王の失踪のうわさは、このクムの下っぱの騎士長にまでは伝わっていないのだろうとグインはひそかに考えた。

この騎士長も、立派な髭をはやし、なかなか立派な体格をしたいかにも歴戦の古強者といった感じの男であったし、おそらくは、クムの武士のつねとして、なかなかに武芸好きなのだろう。グインの体格や筋肉のつきぐあいを上から下まで検分する目つきは、けっこう真剣であった。

「お前は、せっかくこんな立派な筋肉も持っているというのに、なんで、旅回りの芸人などしているのだ？　それだけの体格をしておれば、鍛え方しだいではずいぶんと武人としても成功できるだろうに。それに、ハイ・ランたちルーエのものからさんざんきかされたが、お前は、見かけばかりではなく、たいそう強いというではないか。なみいる腕自慢の強者たちがかかってくるのを、みごとにみな、簡単にいなしてしまったとたいそうな評判だった。なんでも、おのれにちょっとでもふれることが出来たらいくら、おのれをぐらつかせることが出来たらいくら、おのれを万一にも尻餅をつかせることができたらいくらとたいそうな金額をかけたが、誰ひとりとして、ぐらつかせるどころか、お前の近くに寄ることさえ、できるものはいなかったそうだな」

「はははは」

グインは笑った。騎士長の口調も、最初は正式の使者としての口上だったから、あのように武張っていたのだろうが、いまは、ずいぶんと砕けて、親しみのこもったものになっている。この騎士長の一団も、とんだ役得とばかり、ハイ・ランの邸で手厚い昼食の饗応も受けたし、きょうの二回のグインの公演もすべて、特等席で見物したのだ。すっかり、そのおかげで、騎士長はグインに興味と親しみを持っているようすであった。

「俺は、実をいうと、以前は傭兵だったのだ。だが、どうも、いくさが嫌いでな」

「いくさが嫌いだと。そのがたいでか」

「なまじ体が大きいもので、たいそう強いだろうと思われて、いろいろと割り当てられたり、指揮をとらされたり、戦いにどんどんかりたてられたりする。それがどうもこうも、恐ろしくてたまらなくてな」

これをきいて、思わず、船首でうっとりと風に吹かれながら湖水の風光を楽しんでいたマリウスは呆れかえってふりかえったが、グインはすましていた。

「それに、生来実をいうと気が弱いので、ひとを殺したり、傷つけたりするのがイヤでたまらぬ。そんなことをするより、まあ何年かの傭兵ぐらしで、一応剣術の基本だの、ステップだのはすっかり身につけたので、それを生かして、もっと平和な商売をしたいものだと思ってな。そうしているところに、この吟遊詩人と知り合い、それで、一緒にこの体を生かして商売をせぬかとすすめられたのだ。だが、俺の家はなかなか堅い家柄でな。俺がそのような、旅芸人などになったといったら、たいそう怒って追手をかけられるかもしれぬ。それゆえ、困って、覆面をして興行をしようかと思っていたのだが、そうしたら、やはりこの吟遊詩人のマリウスが素晴しい知恵を貸してくれたのだ。これだけの体格の人間はめったにいないのだから、それを生かして、ケイロニアの豹頭王に扮してみてはどうか、とな」

「ほう、ほう！」

ロー・エン隊長はひどく興味をそそられたようすで身をのりだした。

「して、して、なんと」

「ところが、いろいろな仮面だの、頭にかぶる作り物だのを使ってみたのだが、仮面をかぶると目の前がよく見えぬので、立ち回りなど、とんでもない。とても危ない上に、足元さえもあやうくなる。が、頭にかぶるかぶりものだのは、立ち回りなどすると、あっという間に飛んでしまうのだな。そこで、困りはてているところに、旅の魔道師がやってきて、その話をきくと、それならばちょうどいい、自分が魔道によって、人の目に、ほんものの豹頭王同然に見えるよう、俺の頭に魔法をかけてくれよう、と……」

「おおッ」

「ところが、そのかわり、これはその魔道師でしかとけぬというなかなか強力な魔道だったのだ。それで、その魔道師とはまたいずれ落ち合う約束をして、またその施術の礼としてたいそうもない金額を要求されたので、このせっかくの豹頭が続いているうちにあらかせぎをしなくては、とうていその金額を支払うことが出来なさそうでな。——そのようなわけで、マリウスとこの一座を組み、一生懸命稼いでいるというわけなのだ」

（なんてこった！）

これをきいていたマリウスが、茫然としたのはいうまでもなかった。

（ひとのことを、口のうまい吟遊詩人のうそつき扱いをしていたくせに、こいつのほうが、こんな真面目くさった豹頭をしているくせに、よっぽど吟遊詩人はだしじゃないか！　よくまあそうぺらぺらと、ありもしないことを……この豹男め、こんなところがあったのか。これは、ちょっと、ちゃんと肝に銘じておかなくちゃあ）

だが、グインのほうはまったく涼しい顔であった。

「なるほど、なんと、そのようないきさつがあったのか」

ロー・エンのほうはまったくその話を疑うことなど思いもよらず、それどころか、その話に非常な興味を覚えたようであった。

「では、その豹頭は、作り物でもかぶりものでもなくて、魔道によって作られた、いってみれば一応本物の豹頭だということなのだな！　いや、これは、まるきり本物のように見えるのももっともだ。いや、実にみごとなものだな！」

「正直のところ、俺はいささかの不安を抱いているのだ」

グインは苦笑して答えた。

「かの魔道師に無事にまためぐりあい、ちゃんと魔法をといてもらって、もとの、自分の人間の顔に戻れるまでは、ちゃんとまたもとの顔に戻れるものかどうか、心配でたまらん。――もしも、この顔をずっとつけていたとしたら、それはもう、いろいろと不都合がおこるばかりじゃない。いずれはケイロニアのほうにも、豹頭王を模して金を稼いでいる芸人がいるということが伝わってしまうだろう。そうしたら、恐れ多くもかの英雄豹頭王を詐称する芸人風情といわれて、悪くすればとっ捕まってケイロニアに送られ、裁かれたり、罰せられたりしてしまうか、そうならぬまでも、豹頭王と間違われて、何かひどい目にあったり、闇討ちをかけられたりはせぬかとな。――だが、この扮装は実にもうかる上に、俺のこの無駄にでかい図体をはじめて生かすことが出来たので、俺としては、なるべく早くにたくさん金をかせいで、かの魔道師にもちゃんと金をはらって魔道をといてもらい、もとの顔に戻れるようにするのが一番だと思っているよ」

「なるほどなあ!」

騎士長は実になんとも感心もきわまった、というように唸った。

「なんとまあ、それはもっともな話だが、またなんと大変なことだ。だが、まあ、本物の豹頭王にいかにそっくりに魔道をかけてもらったとはいえ、豹頭王に間違われるということはありえないだろうよ。なぜなら、本物のケイロニアの豹頭王がこんなところで、たかが一介のクムの下っぱの騎士長のこの俺と、仲良くオロイ湖を眺めながらことばをかわしている、なんぞということは、たとえどんな奇蹟がおきたって、決しておこるはずはないだろうからな。――第一豹頭王が旅芸人になった、などというとてつもない話をきいたら、ケイロニア宮廷は全員腰をぬかしてひっくりかえって、上を下への大騒ぎになるだろう。まあ、捕まって拷問にかけられぬうちに、なるべく早いうちにその危険な出し物からは足を洗うのだな」

「俺にとっては、顔も素性も隠すことが出来、その上この図体を生かすこともできる。しかも、たいそうな評判をとることもできて、またとなくよい出し物ではあるのだがな」

グインはぬけぬけと云った。

「だが、とにかく、タイスで稼いだら、まだまだクムでさえケイロニアと近すぎる。なるべくとっとと、金箱をかかえてケイロニアからさらに遠ざかる方向に向かおうと思っている。が、問題は、この出し物をしているかぎり、まことにみいりがいいし、まず不入りはない、ということだな。——ついつい芸人根性でそれに溺れて、なかなかやめられなくなってしまうのが心配だよ」

(な、何が芸人根性だ。よく云うよ)

マリウスはまたしてもひっくりかえりそうになった。そして、けんめいに吹き出すのをこらえていたあまり、むせてしまった。

「なるほどなあ。そういうのが芸人のさがというものなのだろうな。なるほど、お前はそのような根性をしているのであれば、それは確かに、あまり武張ったこととは縁がないかもしれん。これまでに、戦ったことは——仕組んだ擬闘じゃないぞ、本当にだ。それはないのか」

「そりゃあ、傭兵あがりだから、あることはある。だが、弱かったたな」

「だが、その足さばきや目の配り、さっきの公演で見たが、なまなかな武芸者ではとうていかなわぬようなものだぞ」

「それはもう、一芸にひいでるということはさまざまな道がみな同じところに通じている、ということなのだ」

またしてもぬけぬけとグインはいった。マリウスがうしろで窒息死しそうになっているのも知らん顔であった。

「だから、踊りの名手は武芸の名手と同じ足さばきをすることが出来る。俺は踊りの名手ではないが、芝居の擬闘はずいぶんとこなした。だから、本当に剣をとってひとを殺すのはまっぴらだし、血をみたら失神してしまうだろうが、擬闘の要領で動いているかぎりは、たぶんそれなりに剣の名手でもあるのだよ。――ただ、俺には、本当に剣をふるってひとのいのちをとったり、ひとを傷つける、ということがまったく出来ぬ。血を見たら本当にくらくらとして震えだしてしまうだろう。だから、俺は、やっぱり傭兵には向いておらんのだよ」

「なんと、血をみたら失神するほど、気が弱いのか」

ますます感心して、ロー・エンは叫んだ。

「これほど、みごとな太い腕と――肩といい、胸といい、足といい、軍神の彫像の手本になってもおかしくないような、闘神のようなからだつきをしておるのにな！　そのお前に、ルアーの気性があたえられておらぬとは、なんと勿体ないことだ。だが、タイ・ソン閣下の御前に出たら、それは隠しておいたほうがいいぞ。タイ・ソン閣下はたいそう、武張ったことがお好きなおかたでな。いや、ほかにもお好きなものは多々あるおかたでもあるが」

ロー・エン騎士長は奇妙な苦笑をかみころした。

「だから、当然、お前の一座にお声がかかったのも、ひとつにはお前の武勇と体格と、そして誰もお前をうちまかせなかった、いや、お前に近づくことさえ出来なかったという評判と——もうひとつには」

騎士長は相当意味ありげに船首からこちらのようすに聞き耳をたてているマリウスのほうを眺めやった。

「もうひとつには、たいそうもない美青年の吟遊詩人がいるという評判のおかげなのだからな。お前の武勇が見かけ倒しだとなったら閣下はがっかりされるだろう。だから、まあ、所望されても、真剣の立ち合いなどは、うまくごまかして断っておけよ。自分は願を掛けているだのといってだな。もっとももうひとつだけ忠告しておいてやるが、そのさいに、『自分はミロク教徒なので』とはあまり自慢げに云わないことだぞ。このところ、クム全土にわたって、ミロク教徒がじわじわと増加している。だが、これが、快楽を最大の商売にしている美と快楽の都タイスにとって、たいへんな脅威であることは、お前でも想像がつくだろう。――タイスの民が全員ミロク教徒になったら、タイ・ソン閣下はまったくくるわだの、男娼窟だの、阿片窟、はては芸人たちからのあがりまで、なくなってしまうのだからな。そんなことにでもなったら、快楽の都タイスの最後の日になってしまう。――もしお前が本当にミロク教徒だったとしても、そのことだけは、なるべくなら内密にしておいたほうが身のためだぞ」

「その忠告は決して忘れないようにしよう。有難い」

またグインはぬけぬけと答えた。

「それに、見かけ倒しといっていいのかどうかわからぬが、俺が決して俺のからだに誰にもふれさせぬのは、要するに、そうやって、直接立ち合ったり、剣をもって戦うよりずっと遠くで、相手を近づけないようにしてしまえば、まったく俺が本当はどんなに弱いかということを、知られなくてすむからなのだ。これはこれまでに、このような体格をしておるのでさんざん強い者扱いをされて迷惑してきたこの俺の処世術でな。その分、相当に年期は入っているつもりだ。俺は、こうみえてなかなか用意周到な男でな」

「それが何よりだ。そうだよなあ、なんといったって、お前は軍人ではなくて、芸人なのだからな。たとえ傭兵あがりだろうと、どれほど体格がよろしかろうと、本当の戦場で人を斬り殺すことなどとは縁のない暮らしをしてきているのだろう」

「人を斬るなんて、想像しただけでさむけがするよ」

またしても、ぬけぬけと——とマリウスはほとほと感心しながら考えたが——グインは答えた。

「できれば、一生そんなものとは無縁に暮らしたいと思っている。俺はとことん、平和主義者でなあ」

「ぶっ」

ついに、たまりかねてマリウスは鼻を鳴らしてしまったが、幸いに、ちょうど船が波をきって進み始めたところだったので、さかんにあがる水音にまぎれて、それはきこえなくてすんだようだった。

ロー・エンはさかんに感心したようすでうなづいた。

「まあそれであれだけの芸を見せるのだから、たいしたものだ。じっさい、閣下もさぞお待ちかねに違いない。うまくやれよ。閣下はお気に召した芸人にはまことに気前のいいおかただからな。お前、もうかるぞ」

3

グインたち一行をのせた船が、タイスの見えるあたりに入ってきたのは、それからおよそ二ザンほどののちであった。

さいわいに天候にもめぐまれ、船漕ぎ人夫たちは交代で全力をあげて漕いでいたが、それでも広大なオロイ湖をわたってゆくのにはそれなりの時間がかかった。そうして、そのあいだに、美しくきらかなオロイ湖の風光も、しだいにたそがれに包まれはじめていたのであった。

それはだがまた、たいそうみごとな眺めであった。全体にたいへんのどかなうららかな一日だったので、日没もまた、素晴しい天気の続きであった。晴れ渡った青い空と青い、大海原と見まごう湖の彼方には、クムの中心部の平野のゆるやかな、山々というよりはせいぜいが丘陵——といった風情の隆起が見える。それもあまり多くはなく、あとはほとんどがみごとなまでにたいらかな田園地帯だ。

そこにまた、こまかな運河がはりめぐらされているのだろう、きらきらとその田園地帯のなかのそこかしこが輝いている。小さなグーバらしいものの動いてゆくすがたも見える。だが、ここからではさすがに、対岸のルーアンは雲の彼方のように遠く、まったく見えない。ただ、かすかにおぼろげな蜃気楼のような尖塔の頂上らしきものの群れがみえていて、ああ、あそこがルーアンか——とのぞまれるくらいだ。それも、だが、ひょうたんの口のように細くなっている、オロイ湖の北側にいるあいだだけで、はてしなく東西にのびているように思われるオロイ湖の中心部まで出てくれば、あとかたもなく、すべての岸の風景は消えて、あとにはただ、何ひとつさえぎるものもない水だけがひろがる。

だが、そのかわりに、もうちょっとゆくと船は東へと方向を転換し、そして、ゆくてにタイス側の岸があらわれてくる。そちらもまた、小さな村、集落、ときに大きな町がいろいろと見えかくれしていて、いかにもクムらしい竹の林がずっとつらなっている岸辺から、突然にきれいに整備された都市の埠頭に出、また、なだらかな湖岸線に出たりもする。なかなかに千変万化してゆく眺めだった。

そのなかで、静かに暮れてゆく湖水を眺め、ふとふりかえると、そちらは対岸などとうてい見えないまっさらの青い水平線だ。その果てに、日輪がいまや巨大な赤い円盤となって、湖水をも、雲をもこがね色と赤にきらきらかに輝きわたらせながら、ゆるゆると没してゆこうかとしている。

マリウスは、この光景にあまりに心うたれたので、船室におりてわざわざキタラをもってくると、それをかきならしながら、今度は船尾に座って、「日没の歌」をろうろうと歌いはじめた。それは即興で、沈み行くルアーにささげる歌であったが、それをきくなり、大急ぎでロー・エンもほかのものたちも、むろんスーティもスイランもフロリーさえもとんできて、この予定外の舞台に聞き惚れた。

それは、素晴しい日没を背景として、またとないほど贅沢な余興であった。マリウスの素晴しい声はルアーへの讃歌とこの日没の美しさ、そしてやがておりてくる夜のとばりについてあやしく歌い上げていた。それはそのまま、どれほど栄光に輝いてもやがていつかは老いという夜のとばりに包まれる人の世のならわしについての深い物思いへとそのまま展開していった。

そして、そのままマリウスは、別れた人々、出会った人々、まだ一緒にいたいのに別れていった人々について歌いはじめた。そのあいまに、しだいに暮れてくるオロイ湖のたそがれについての歌をはさみながら、マリウスは尽きることなく歌いつづけた。いまや、手のあいていないもの以外は、大急ぎで騎士たちも、そして船の乗組員たちまで後部甲板にかけつけ、押すな押すなと階段口にまでつめかけて座り込みながら、マリウスの美しい歌声にうっとりと耳をかたむけた。クムのひとびとは誰もがたいへんに芸ごとが好きであったので、これは誰にとってもとても思いがけない、とても嬉しい贈り物のステージであったのだ。

ようやくマリウスが《日没に捧げる歌》を歌い納めるとさかんな拍手がわいた。それをきいて、マリウスは満足そうに笑って、「もっと歌ってくれ！」という人々の声にこたえて、こんどは古い可愛らしい歌曲だの、お得意のサーガだのを歌いはじめた。いまやそこは即席の、マリウスの独り舞台となった。

「いやあ、たいしたものだ！」

「なんて、いい声だ。寿命がのびるようだ」

「こんな歌、タイスの有名どころの劇場でだって、そんなにはきいたことがねえぞ！」

「こりゃあ、あんたはタイスでもたいそうなあたりをとるに違いない」

「それにきれいだしな。花のようにきれいだし、いい声だ。それになんて歌がうまいんだろう」

「ほんとに、みごとなもんだ」

口々にほめそやされて、マリウスは得意の絶頂という感じでつきることも飽きることもなく、それからそれへと歌い続けた。船の上は、もうすっかりたいへんな盛り上がりようであった。かたわらを通り過ぎてゆく定期便のあまりきれいでない連絡船の満員の乗客たちが、なにごとかと驚いて窓から顔を出してこちらを眺めるくらいであった。

そうするうちに、巨大な円盤となった日はすっかりオロイ湖の西岸に没し、そして、あたりには、紺色の夜が降りてきた。あれほどきらきらと輝きわたっていた湖水は深い青に包まれ、それから群青へ、黒へと沈んでいった。空にはまだ、横雲にいくすじかの輝かしい黄金や紅が残っていたが、あたりはもうすっかり夜であった。その名残の夕焼けをとどめる雲にまつわりつくように、きらきらと一番星が輝きはじめる。

だが、それよりも、はるかにきらびやかに、地上の星がひとびとの目をひきはじめていた。マリウスも、それに気が付いたので、歌いながら、キタラをもって船首へと移動した。こんどは、船のゆくさきにひろがるタイスの町がマリウスの目をとらえたのだ。それでマリウスはこんどは「きたぞタイス」という即興の歌を歌いはじめた。

「タイスははじめてか、グンド」

すっかりグインが気に入ってしまったらしい隊長のロー・エンが、グインのかたわらにやってきて、また声をかける。グインはうっそりとうなづいた。

「ああ」

「夜、タイスに入ることが出来て、お前たちは運がいい。タイスはな、昼間よりも圧倒的に夜景がいいのだ。ルーアンは昼間もなかなかだと云われているが、タイスはなんといっても夜がいい。夜の都タイスだからな。いまからタイスに近づいてゆくから、ちょうどおそらく、船が船つき場に入るころに一番、タイスの夜景は見ごろになっているだろう」

「それは素晴しい」

　グインは愛想よく答えた。ロー・エンはまるで自分がタイスを作りでもしたか、タイスの持ち主ででもあるかのように自慢そうであった。

「お前の仲間の吟遊詩人はたいそうな名手だがな。それにお前もたいしたものだが、しかしわがタイスにも、実にいろいろな素晴しいものがあるのだぞ。美しく妖艶で、しかもとてもみだらな女たち、それに少しも劣らぬほど、妖艶で美しく、女と同じほどたくさんの快楽をもたらしてくれる美童たち、タイスでしか手に入らぬ美味、珍味、げてものの数々、そして素晴しい世界各国からよりすぐられた名酒——むろんクムの名産のはちみつ酒や花酒が一番のものだが、他にもとてつもない酒もある。蛇酒に蜥蜴酒、きわめて精力をつけてくれるという海蛇酒。そういう珍しい酒をしこたま飲み、うまいものをたらふく食い、そうして美女や美童をはべらして、世界の快楽と芸能の都タイスに集まってくるみごとな歌や芸を楽しみ、そしてタイスの夜の提供するありとあらゆる至高の快楽を満喫するのが、タイスで夜をすごすものたちの醍醐味だ。これほど贅沢な夜はないぞ——タイスの夜といえば、クリスタルの夜とさえくらべものにならぬ、世界でただひとつの最高の楽しみとされているのは知っているだろう。——それはまず、目の楽しみからはじまるのだ。まずは、タイスの夜景からな」

「ほう」

「ひとつ、教えておいてやるがな、俺はお前が気に入ったのでな、グンド。いいか、お前の友達の吟遊詩人に、くれぐれも、破滅の歌や、あと悪徳には報いがくる歌、それから、辛い浮世を思い出させるような歌を歌うなよとくぎをさしておけよ。タイスには人々はみんな、そういうものを忘れにやってくる。そして、そのような、どこでもありふれていて、しかもひとの心をまたしても、せっかくタイスの快楽にひたって忘れかけていたような暗い現世にひきもどしてしまうような説教だの、道学者じみた物言いだの、そしてまた、貧乏くさいにおいを思い出させるものは、みんなもっともいなまれ、敬遠されることにさだまっているのだ」

「肝に銘じておこう。もっとも俺も、いま隊長がいわれたようなものはどれも真っ平ご免だが」

「それなら、お前はタイスでもうまくやれるだろうさ。快楽主義者になれるのならな。それと、これもいっておいたほうがいいだろう。タイスでは、快楽を申し出られたときに、それを断ることについては、よほどうまくやらぬと、もめごとの種になる。寝ようと申し出られたとき、この酒を飲んでくれ、といわれたとき、これを食ってみろ、といわれたときに断るのは相手に非常な恥をかかせることになるのだ。だから、それを、恥をかかせることにならずに断る方法をちゃんとわきまえていないと、いずれは必ずどこかでもめごとをひきおこしてしまうことになる。そして、気が付くとタイスの有名な水牢のご厄介になるということになっている寸法だ。タイスの水牢については聞いたことがあるかな」

「いや、幸いなことに、ないようだな」

「それについてだけは、出来ることなら一生聞かずにすませられるよう、神に祈るのだな。いや、このさいは、祈る相手は、神よりもむしろ、タイスの支配者であるタイ・ソン閣下であるかもしれんがな。ことに、タイスの神々というのは、至高の女神サリュトヴァーナ以下、快楽の神サルル、好色の神ヌルル、男色の快楽の神サール、女色の快楽の神ミーレなどをはじめ、みんながみんな、快楽を授けることについては御利益があるが、苦難を避けたりまじめに蓄財をしたり、というようなことについてはまったく何の役にも立たぬからな。まあ、せいぜいが、賭け事の神ディタに祈って、いい目が出るように頼んだりするくらいだ」

「どうでもいいが、どうも話をきいていると、タイスには快楽関係の神々しかいないような気がしてくるな」

グインは苦笑した。

「それに、サリュトヴァーナだの、サルルだの、ヌルルだのという神々の名は俺は寡聞にして聞いたことがないが、それは、ヤヌスの神々とは違うのだな？」

「そりゃ違う。タイスは、クムだからな。クムは《中原のなかのキタイ》として知られている。風習も食い物も宗教も、みなよその中原の国家とは相当に違っているさ。ただ、ヤヌス十二神を信じていないというわけでもない。それも多少は入ってきている——長いあいだにな。だから、タイスには、一応、好色と貪欲の神バスの廟もあれば、愛の女神サリアをまつる社もあるよ。また、サリュトヴァーナというのは、他ならぬサリアのことだ、というようなことを云うものもある。いずれにもせよ、お堅いゼアだの、そういうややこしいものはタイスでは門《かど》をつかれて、城壁のなかに入ることも出来ないのさ」

「ほう」

面白そうにグインはきいた。

「タイスには、城壁があるのか」

「ああ、あるさ。『タイスの城壁』といえば、クムでは——いや、クムだけではない、中原じゅうでも通用するようなことわざになっているのを知らんのか。ひとたび入ったものは出られず、出たものは入れない、ということわざになっているのだ。むろんじっさいにすべてがそうなわけではない。違法に入ろうとするもの、禁じられているのに出ようとするものだけの話だがな」

「なるほど」

「タイスの城壁はとても確かに頑丈だが、城壁がきわめて堅牢だという意味ではこれは実はない。そうではなく、タイスに入ったものは二度と出たがらず、だがタイスから逃げ出したものは入りたがるがもう二度とは入れない、という、望郷の意味のことわざでもあるのだよ」

「ほう……」

「まだまだことわざがあるぞ。『タイスの燃える水を飲んだものは、必ずタイスにかえる』というのだ。この燃える水というのはわかるだろうが酒のことだ。タイスのうま酒を飲んでしまったものは、遅かれはやかれかならずタイスに戻ってくる、ということなのだ。それほどに、まあ、タイスは魅惑的な、蠱惑的な都市である、ということだと思えばよいさ」

「なるほどなあ。いよいよタイスにゆくのが楽しみになってきたようだ」

「それはもう、俺とても、こうしてほんの一日田舎くさいルーエなどにいっていると、タイスが恋しくてならぬわ。俺とてもタイス生まれのタイス育ちだからな。たとえどれほどここが悪徳の都だの、夜だけの都だのといわれていようと、タイスで生まれ育った俺などのようなものにとっては、まさしくここそが唯一のふるさと、これ以外の場所になど、住む気にもならぬ。たとえ、世界の文化の中心といわれるパロの都クリスタルがどれほどきらびやかで絢爛豪華であろうとも、クムの首都、水の都ルーアンがどのように素晴しいところであろうとも、俺にとっては、タイス以外に住む都はない、ということさ」

「そのように素晴しいタイスに、一刻も早くいってみたくなった」

「もう、お前は、その目の前まできているさ。ほら、見るがいい」

ロー・エンは片手をあげて、真正面を指さした。

「タイスに灯がともりはじめている。なんと美しい景色だろう——ほどもなく、タイス全体がいっせいに夜のあかりにつつまれる。それゆえに、不夜城などとひとは呼ぶ。——クリスタルもそう呼ばれてはいるようだがな。俺はクリスタルにはいまだ、いったことがないが、しかし、クリスタルは最近は、うちつづく内乱ですっかり見るかげもなくさびれてしまったときく。若い女王がひとりで守っているということもあって、いまにまた、おそらく周辺のサバクオオカミのごとき諸国がじわじわと侵略の手をのばすすきをうかがっているだろう、という話もよくきくしな。いまでは国力の大半は疲弊しきってしまっているパロそのものは、とりたてておいしい獲物でもないが、中原一の美女をうたわれる若い女王というおまけまでついているなら、熟れて落ちそうなパロという果実を摘みとるにはやぶさかではない、という国は中原にはいくらもあろう——たとえば、ゴーラとか……だな」

ロー・エンはずるそうに笑った。

「などと俺がいっているというわけではないぞ。俺はただ、うわさをきいた、といっているだけにすぎぬ。ま、お前のような、天下国家の情勢とは何のゆかりもないただの大道芸人には、いってきかせたところで詮ない話しではあろうがな。——まあ、ともあれ、クリスタルはそういうわけでいまは、タイスの敵とするに足りぬ、とタイスの民は思っている。クリスタルが文化の王たる都なら、タイスは快楽の女王たる都である、というのがタイスの民の誇りだった。その王が地におちたいまとなっては、わがタイスが、この中原でもっとも美しく頽廃的な、もっともあでやかにして妖しい都だと、誰もが信じているのだ、このタイスではな」

「おお」

その、ロー・エンのことばには、どう判断するすべとてもいまのグインにあるわけではなかったが——

それよりも、グインは、その、いまやまさに目の前に展開しようとしている光景にうたれ、思わず身をのりだした。

それは、確かに、異様なまでに美しい光景であった。巨大な暗くなってきたオロイ湖にむかって、半身をしどけなくのりだすようにして、美と快楽の都タイスはそびえたっていた。ロー・エンのいうとおり、日没がすぎて、ようやく暗くなってきたこの一瞬に、ふいに、誰かがまるで合図をでもしたかのように、いっせいにふわり、という感じで窓という窓にあかりがともされた。街路灯にもあかりが入ったのだろう。それはさながら、この美しい都市全体が、光のふちどりをいっせいにまとった、という風情であった。

タイスは、クムによくあるように石づくりの、四角っぽい都ではあったが、その建物の屋根屋根には、半円形の丸屋根が必ずのっていて、そして、その一番下のへりにはぎざぎざのレンガのふちどりがつけられていた。そして、その窓という窓、建物のへりというへりにつけられているあかりは、ろうそくをいれたかんてらのようだったが、それが、いっせいに地上の建物を光でふちどっただけではなく、そのあかりが、湖水にさっとうつしだされたので、あかりは倍もあるように見えて、なお美しく、妖艶であった。

その上に、さらに、暗くなったオロイ湖を走るたくさんの船やグーバは、みなこれもあかりをへさきにたかだかとかかげはじめたので、湖水の上を無数の光が走り回り、さらにその光が湖面にうつってゆらゆらと揺れて、そのあたりは、まことに、空のふるような星々を地上にちりばめた、とでもいった夢幻的な光景に変じていた。きらきらとそれらの地上の星々が輝きながら、その都市の建物のまわりを光でふちどっているさまは、まさに、光で作り上げられた夢の町のようだった。

「これは……美しいな……」

グインの口からも嘆声がもれたが、キタラをようやくおいて、グインのかたわらにやってきたマリウスは、手放しでうっとりとみとれ、感嘆の声をあげた。

「ほんとになんて美しいんだろう！　ここが、そんな——悪徳の都だの、悖徳《はいとく》の都だのとよばれているなんて、嘘みたいだ。――あ、失礼」

「なんとでもいうがいい」

ロー・エンはびくともしなかった。

「悪徳の都だろうが、悖徳の都だろうが、ここは、同時に美の都でもあり、そして至上の快楽の都でもある。たぶん、美というのが悪徳をともなうものなのか、それとも悪徳というのは美しいものであるのかもしれんさ。まあいい、今宵はタイス伯爵タイ・ソン閣下のたいそうもない豪勢なお屋敷で、閣下の御招待に応じてその得意の出し物をちょっとだけ、ご披露するがいい。そして、それがお気に召せば、明日から、閣下がお前たちの小屋がけの面倒をみて下されるだろうさ」

「そりゃもう、お気に召すに決まっていますよ。隊長さん」

自信たっぷりにマリウスが云った。

「こんな出し物はいまだかつて中原にはなかったんだ。空前にして、絶後ですよ！　だもの、当然、どなただってお気に召すさ。ルーエでも、タリサでも皆さんがお気に召したもの、タイス伯爵がお気に召さないわけがない。たっぷりと、あたりをとってお目に掛けますよ」

「まあ、そうであるように祈っておるぞ。もし、そうでなければ――めったにないことだが、タイ・ソン閣下を怒らせてしまったら、かなり、不愉快な目がお前たちを待っているだろうからな。閣下は、長年、ありとあらゆる出し物をごらんになってこられているから、たとえば相当に下手糞だとか、そんなことでも、それだけではまだお怒りにならない。辛抱もなさるし、むろんあざけりもなさるし、追い出しもなさるさ。だが、これまでに数回だけ、われわれ閣下の親衛隊は、閣下が烈火のごとく出し物について怒られるのを見た。そのときの、運の悪い芸人どもがいったいどうなったのかは——ま、云わぬほうがお前たちの心の平和のためというものだろう。ただ、ひとつだけ確かなのは、その芸人どもは、いずれも、二度ともう、その運の悪い芸だけではなく、どのような芸をも披露することはなかったよ。閣下は、下手だの、つまらないというよりも——ある特別な芸については、非常にその——感情的におなりになるようでな。お前たちも、閣下のその逆鱗にふれるような変なことをせぬことだな」

「何なんですか、その逆鱗って」

マリウスはちょっと心配になってきいた。だが、ロー・エンはにわかにまた、最初のあのいかめしい隊長ぶりになって、むっつりと腕をくみ、へさきに仁王立ちになったまま、何も答えようとしなかった。

「まあ、ゆけばわかるさ。あとはお前たちの常識で考えることだ。それに、われわれがそんなことは閣下の逆鱗ではあるまいとばかり思っていたことでも、お怒りになられたこともあったようだからな。ここで、俺があれこれ仕込んでやったところで無駄だろうよ。まあ、ともかく、幸運を祈ってやろう。タイスは、あたりをとった人間にはとても親切な町だからな。だが不入りの芸人にはとても不親切な町でもあるし、だが、逆に、それならそれでやりようもあるというものだ。ただしな」

「……」

マリウスはそっとグインをのぞきみた。

グインは何を考えているのか、ロー・エンのことばを聞いているのかいないのかさえわからぬ仏頂面で、じっと胸に太い腕を組み、どんどん近づいてくるその美しい光の都市、夜の闇のさなかに、光の精たちが作り上げたかのような美しいタイスの輪郭を見つめている。

「これまた、近づきがいにひとつだけ忠告しておいてやるが、いいか、詩人、お前だけではないが、『申し出られた快楽は、タイスでは断ってはならぬ』のだということを忘れるな。たとえそれが自分にとってはとても迷惑なことであったとしても、断り方が下手だったら、それは、申し出たほうにいわれなく恥をかかせた、ということで、相手はお前をあいてに剣をぬき、いきなり斬りつけてもいい、ということになっているのだ。それに、タイスでは——どのような快楽も上下の差別はつけられておらぬし、また、快楽と同じほど武術は芸ごととしてたっとばれている。うんと強くて、それを売り物にしている芸人もたくさんいるのだ。まあ、せいぜい、稼ぐのだな」

「……」

マリウスは、ちょっと、タイスにきたのは間違いだったかな――といいたげな目でグインを見やった。

だが、グインは何もそちらに目をくれようとはしなかった。何を思っているのか、そのトパーズ色の目はまっすぐに、近づいてくる《美と快楽の都》タイスを見つめている。

湖水にうつる、水面の影のタイスは、波止場に近づいてゆくかれらのその船のへさきで追い散らされた。

「さあ、上陸だ」

ロー・エンが、ふいにまた、もっとしゃっちょこばった態度に戻って、あわただしく身なりをととのえはじめた。

「もう、波止場まで、タイ・ソン閣下のお迎えの馬車が参っているはずだ。馬車と騎士団がな。それに先導されて、タイ・ソン閣下の城館、《紅鶴城》までゆくのだ。よいか、礼儀正しく、うやうやしくするのだぞ。閣下は横柄なのや傲慢なのが一番お嫌いだ。素直にお返事するのだぞ。でないと、連れていったこの俺のとがになりかねんからな。――さ、もう波止場があんなに近づいてきた。上陸の準備をしろ。タイスだ！」

4

（タイスの町――）

輝かしい、不夜城のあかりが、ちかちかと目のなかにまたたいている。

はじめて上陸する《美と快楽の都》タイスの眺めであった。夜のことであるから、町全体が黒っぽい闇のなかに沈んではいる。だが、これまでグインたちが通ってきたルーエや、ましてタリサとは、この都市は何かがまるきり違っていた。

まず、にぎやかさが違う。――まだ、深夜というほどにはなっていないとはいえ、一応はもう夜闇はすっかり落ちている。だが、まさに、夜になったからこそ、どっとひとびとがくりだしてきた、とでもいうかのように、街路はひとのすがたで一杯になっている。波止場それ自体はそんなにもとてつもなく人通りが多いわけではなかったが、波止場から町の中心部にむけてのびている何本かの道は、いずれも、両側からあかあかと街灯に照らし出されているので、その道が、にぎやかに往復する人々で一杯になっているのが、とてもよく見えた。

ふつうなら、これは祭りか、それとも何か特別の行事でもあるのではないか、と思われるほどの、たいそうな人出だ。しかも、老若男女とりまぜてあらゆる年齢層、性別のものたちが、わいわいと街路を往来している。

街路の両側には、実にさまざまな店が、まったくいま店をあけたばかりで、商売はまさにこれからがたけなわなのだ、とでもいうかのように、にぎにぎしく品物を並べ、売り声をはりあげていた。この都は、少なくとも、「静寂」という美徳に関しては、あまり重きをおいていないのだ、ということは、波止場にちかづいただけでも明らかであった。

あちこちから、けたたましい叫び声だの笑い声、手きびしく値切る買い手の声や、それを罵る売り手の声などがあがっていて、もしかして喧嘩でもはじまっているのではないかと一瞬びっくりさせられる。だが、それは、どうやらタイスのものたちにとっては、喧嘩でもなんでもない、ただの日常的な、ごくありふれた世間話にすぎないらしい。

ごろごろと石畳の上を通ってゆく無数の荷馬車のわだちの音が、その喧騒に拍車をかけた。荷馬車だけではなく、塗りたてられた、中の見えない有蓋馬車もある。それも、一人乗りとおぼしいとても細い一頭立てもあれば、無蓋馬車の二人乗りもある。また、大きくて立派な四人乗り、あるいはこれは乗り合いとおぼしい十人乗りくらいの長い馬車もある。馬も一頭立てから、四頭立てくらいまであった。

そのあいだをぬうようにして、これはひとの力でひいている荷車も、重たげにがらごろと街路をゆく。どの馬車も、前面の左側のところにかんてらをかけているので、それもあたりをいっそう不夜城らしくするのにひと役かっている。

むろん、馬車ではなく、徒歩で歩きまわっているものたちも大勢いた。いかにも用ありげな商人たち、遊びに繰りだしたらしい若者たち、それをひっかけようとする街娼らしい女たちの群れ――そのあいまに、黒い長いマントすがたの魔道師が不吉にゆらゆらしているのも、なんだか、とてもひさしぶりに見たような気持にさせられる。また、魔道師とみまごう黒いマントをつけ、荒縄をサッシュにした、ミロクの巡礼たちも、これは背中に麻の荷物袋を申し合わせたようにかけて、影のようにすみのほうを歩いてゆく。

波止場では、漁師たちが、オロイ湖から水揚げしたばかりの魚を仕分けしているので、銀鱗がぴちぴちとはね、あたり一面に魚くさいにおいがたちこめていた。新鮮な魚が多いので、なまぐさくはないが、磯のにおいのせぬ分、魚のにおいがかえって濃密に、一面にたちこめているようだ。

漁師たちが仕分けした魚をどんどんあとからあとから運んでいって荷車にのせるものもいれば、つぶさに選んで自分の籠をいっぱいにしているものもいる。それはたぶん料理屋が仕入れにきているのだろう。

そまつななりをした女たちが、ひっきりなしに波止場と埠頭のあたり全体に水をかけてまわっていた。一度などは、それをばしゃりとかけられそうになって、あわててマリウスたちが飛び退いたくらいだった。

「豹頭王グインと吟遊詩人マリウス一座に相違ないな？」

波止場で船からおりると、早速に、迎えの一隊がかれらのもとにやってきた。ロー・エンと同じような格好をし、年格好も同じていの、ひげづらの騎士長である。グインを見ると、目をまるくしたが、あえて何も云おうとせず、当人たちであることを確かめると、すぐに、おのれについてくるよう命じた。

馬車が船から陸揚げされた。馬のマリンカやゾフィーたちは湖水をわたる船旅にいささか怯えていたが、今度の波止場はとても広かったので、渡り板は、これまでのような細い幅の板ではなくて、船の甲板からずっと波止場にむけて敷かれたななめの床にしか思えなかった。それにしっかりと固定されたつくりつけのものだったので、馬たちもさして神経質にならずに陸にあがることが出来た。グインたちは、騎士たちがおろしてくれた馬車に、波止場で馬たちをつなぎ直し、荷物をあらため、そして、ついてくるようにといわれて、前後をタイス伯爵の騎士団にかためられたまま、馬車と馬でもって、タイスの町に最初の一歩を踏み入れることになったのであった。

波止場はにぎやかだったが、それでもまだ、充分すぎるほどに中心部をはずれていたのだ、ということが、すぐに明らかになった。

波止場から、市内までは、あまり離れていなかったが、市内へ入ったとたんに、あたりには、あのたいへんな喧騒が押し寄せてきた。そして、騎士たちは、うしろに続くグインたちの馬車を通すために、声をからして「道をあけろ」「タイス伯爵閣下の御用だ、道をあけるんだ。この馬鹿者ども」と叫び続けなくてはならなかったのだ。

祭りのように押し合いへしあいしている群衆の半分くらいは、きれいに着飾っていて、いかにも、夜の街に、満を持して遊びにくりだしてきた、というようすをしていた。ことに女たちは、無蓋馬車の上に座り、思いきりめかしこんでいたが、クムのめかしこみかた、というのは実に肌もあらわだったので、目のやり場に困るくらいだった。

それはおそらく商売女なのだろう、とグインの思ったような女たちはみな、裸同然、というよりも、裸の上に申し訳程度に何かくっつけたにすぎない、というような格好をしていた。乳首の上に、さまざまな色とかたちの、宝石をちりばめた乳首覆い――正式にはなんというのか、むろんグインには知るすべもなかった――がくっついている。股間には、ぎりぎりに細い色とりどりの布をまきつけ、かろうじて一番かんじんかなめの部分だけを隠しているが、あとは、彼女らのまとっているものはみんなすけすけだったので、何も着ていないよりもっと煽情的だった。

髪の毛は塔のようにたかだかとさまざまなかたちに結い上げられ、その塔にたくさんの花だの、かんざしだの、レースだのがくっついていた。身につけている布が思いきり少ないかわりのように、また、女たちはたくさんの金銀宝石の装飾品をくっつけていた。腕にも、足首にも、金の環が大小さまざま何重にもつけられていたし、首には華麗なネックレスがぶらさがっている。腕にも腕輪がはまり、指はむろん全部の指に違う指輪がきらきらしている。胴にも宝石と金銀をつらねた鎖をまいている女が多かった——つめは長くのばして、これは申し合わせたように真っ赤に塗られていた。もっとも年輩の女たちのなかには、黄金だの銀色だの、どういうわけか真っ黒に塗っているものもいた。

それはたいそういい眺めではあったが、ひとつ重大な問題があるとすると、着ているものはきわめて煽情的であったが、着ている当の本人のほうは、必ずしも、全員が全員若い女だったわけでもなければ、全員が全員、美女だったわけでも、スタイルがよかったわけでもない、ということだった。それはまあ、ひとつの都市の盛り場に集まる女が全員、若くて美しい娼婦だけ、などということはありえないのだろうから、当然だったのだが、タイス以外では、たとえ繁華街とはいえ、やりてばあや客できた年輩の女などはそれなりの格好をしている。だが、タイスでは、どんな女も、女でさえあれば、このような煽情的な格好をするもの、と法律ででも決められているみたいだった。

いや、女だけではなかった。通り過ぎてゆく派手派手しいものたちのなかには、明らかに胸のかたちからしても男性でしかありえないものもいて、だが、そういう連中も、髪の毛を長くし、すきとおったヴェールをかけ、そして首や腰や手首にじゃらじゃらと飾りものをつけて、おまけにきれいに化粧していたのだ。もっともさすがにこちらのほうは、あるていど若くてあるていど見られるようなのに限られていて、ひげむくじゃらだったり、筋骨隆々の大男だったりするのは、たまにしかいなかった——もっとも、たまにであれ、いることはいたのだ。

おそらくそういう連中が「売り手」の側であるとすると、通りを歩いている陽気なタイスの住民たちののこる半分は「買い手」であった。そっちは、男女とわずもうちょっとはおとなしげな格好をして、もうちょっとすけすけでない衣類をまとい、もうちょっと肌もあらわでないような服装ではあったが、もっともそれでも、たとえばフロリーのいたガウシュの村あたりを基準としたら、とてつもなく派手であるのには違いなかった。

とにかく、地味である、というのは、ここでは罪悪だとみなされていたのかもしれない。道の両側に並ぶ露店やちゃんとした店のものたちは、それぞれけっこうな年輩だったりしたが、それらも、きらきらしい緑だの、ぱっと目をひく真っ赤だのの衣服をつけていた。また、クムの衣類というのは基本がキタイのものと似ているので、かっこうがなかなかエキゾチックである。それがそのように華やかな布地で作られているので、なんだかまるで祭りの日の仮装みたいな感じがするのだ。だが、それが祭りの日でもなんでもない、ただのごくふつうの、暮れそめてきた繁華街のにぎわいにすぎないのだ、ということは、どうやら明らかだった。たぶん祭りなどといったら、もっとたいへんな大騒ぎ、もっとけんをきそう、目もあやな色彩が町にあふれることになるのだろう。

だが、いまでも充分にそれは、馴れぬものには目がちかちかするような眺めだった。色彩の洪水のようにみえるその人々の服装の華やかさに目を奪われがちだったが、その背景となる店々も充分に派手であった——というよりも、売っているものがとても派手だったのだ。

果物店は真っ赤なリンゴ《シルア》やあざやかな緑のカンの実、そして真っ黄色の丸い果実などを、きれいに三角形に積み上げたり、ぎっしり籠に盛り上げたりして並べていた。その隣をみると衣装店があって、華やかな衣類を店頭につりさげて売っている。それが色彩の渦なのは当然であったが、そのとなりには、なにやらとても色あざやかなまるいものや四角いものや、おそろしく派手なボタン色の細長いものなどが積み上げられている店があり、何だろうとよくみるとそれはなんと菓子店なのだった。それほど色鮮やかな菓子がいったい、どんな味がするものか、いったい何の染料や色粉をつかってそれらのあまりに色鮮やかな、真っ黄色やオレンジ色や青の菓子が作られているのか、考えてみると気が遠くなるくらいだった。

レースだけを店頭から店の奥までぎっしりと並べた店がけっこういくつもあって、そういえばクムといえば、レースの最大の名産地だったのだと思い出させた。同時に、そのとなりには絹の反物の店があり、クムの絹がまた名高かったことを思い出させる。華やかな扇子ばかり扱っている店があって、レースの巨大な扇子から、きれいな華奢な透かし彫りの香木の扇子まで、クジャクの羽根をひろげるように店頭にひろげていた。履き物だけの店もあれば、家具をあつかっている店もあった。生きた鳥を籠にいれて売っている店もあり、また、何かを売っているのではなくて、何かをするらしい店もあった――入口に極彩色の布が垂れていて、その前に、ぼんやりと客引きらしい男が立ち、通りかかるものに声をかけている。また、飲食店も、当然のことながらたくさんあった。ゆげをたてている蒸籠が、店の前の、人々がたくさん往来しているところに持ち出されて、売られていた。通りすがりのものがひとつ所望すると店のものが、巨大な蒸籠のふたをもちあげる。ぱっと湯気がたちのぼると、そのおそろしく巨大な、ひとりでは持ち運びできないのではないかと思うくらい巨大な蒸籠には、ぎっしりと真っ白なまんじゅうのようなものが詰まって蒸されていることがわかった。

クシにさした肉らしいものを焼いて売っている屋台もあれば、巨大な釜をすえて、そのなかでぐつぐつと何かを煮込んでいる屋台もある。だが、おそらく、食べ物の屋台はもっとどこかに集中している場所があるに違いなかった。

通りをグインたちの馬車が進んでゆくと、騎士団の騎士たちにおしのけられたり、「どけ、道をあけろ」と怒鳴られた歩行者たちはむっとしたように不承不承道をあけた。ここには、歩道と車道、などという概念はまったく存在していないようであった。たくさんゆきかう馬車も、みんな、御者たちが、喧嘩をしながら歩行者たちを追い散らしていたし、馬車どうしも、あちこちでしばしば喧嘩になりかけていた。だが、それでいて、本当に喧嘩には決してならずに、矢のような速さでにくまれ口をまくしたてると、かならずどちらかがすっとひいて通してくれるのだ。だが、おそろしく時間がかかるには違いなかった。

歩行者たちはだが、基本的には、ここは「自分たちのための道路」としか心得ていないようであった。明らかに馬車のほうがあとから割り込んできた邪魔者として扱われていた。騎士達の馬が通ってゆくと、歩行者たちはいやいや道をよけたが、それがタイス伯爵騎士団だ、ということは一目瞭然であっただろうに、それほど気にするわけでもなく、平気で文句をいったり、悪態をつきながら端によってゆくのだった。少なくともその意味では、騎士たちはあんまり恐れられてはいないようだった。

その通りはだが、きわめつけの繁華街の一部ではあったらしく、その通りを突き当りまでいって、もうちょっと静かな広い通りに入ると、急に店屋が少なくなり、同時に、歩行者の数も半減した。もうちょっとその静かな道をゆくと、こんどは左右は明らかに住宅街らしいようすをみせてきて、そうなると、さらにもう、さきほどの喧騒が嘘のようにしずまってきて、タイスといえども、市中のどこからどこまであの活況を呈しているわけではないのだ、ということを明らかにしたのだった。グインも当然タイスははじめてであったから、誰か、詳しい案内係――マリウスであれ、ロー・エンであれ――に、タイスについての観光案内を聞きたいところであったが、あいにくとマリウスは必死の形相で馬車を御していたし、ロー・エンは馬にのって騎士団を率いていたから、窓からみえる景色について解説してくれるものはいなかった。フロリーは、この悪徳の都にやってきたことをかなり気にしているようすで、スーティを抱きしめたまま、フロリーの側のカーテンはぴったりととざして、タイスの町びとに馬車のうちをのぞかれないようにして、小さくなっているばかりだったのだ。

目抜き通りだったらしいさきほどの、波止場から続く広い道をぬけてしまうと、あとはうそのように道がはかどった。途中でまただが、何ヶ所か、あかりが集中し、人波があって、ここいらあたりも繁華街らしいなと思わせるところがあったが、全体としては、たぶんあの波止場通りがタイス一番のにぎやかな通りだったのだろうと思わせた。そのかわり、その通りを中心としたあたり一画全体が、どうやら、路地にいたるまであのとてつもない陽気なにぎわいをみせているようすだった。

そして、しだいに、グインたち一行は、もうちょっと落ち着いた、もうちょっと暗い道へと案内されていた。もっとも、暗いといっても、両側には必ず人家があり、人家には必ずはなやかにあかりがともっていたので、基本的には、その暗さはほかの町とは比べ物にはならぬほど明るいものだった。

それに、道はどうやらしだいに、タイスの上流社会の縄張りへと続いているようだった。にぎやかな店屋の列が消えたかわりに、左右に立ち並ぶ家々がだんだん、ひとつひとつが大きく、背の高い、立派なものになってきたかと思うと、今度はそれのひとつひとつの前に広大な庭園を擁するようなものになってきはじめ、その庭園にもぎっしりとかんてらがともされているのが、とても美しかった。

もっとも、夜通しそうやって、かんてらをたくさん並べて灯りがとだえないようにしておくのは、さぞかし大変な手間であったのには違いない。巨大な庭園を擁する、明らかに豪商か貴族の邸宅だろうと思われる家々は、四角く、前のほうに大きなバルコニーがついていて、そして建物のなかはこうこうとあかりがついていた。中で楽しげな催しらしいものをやっている邸もずいぶんあった。そうしたものの前には、車寄せにたくさんの馬車がつけられている。

そして、いきなりそれらの建物もすべて途切れて、道はまるでタイス市内を出てしまったかのように、ゆるやかな上り坂になり、そしてあたりから建物らしいものがまるでなくなった。そこは暗いのでよくわからないが、広大な庭園になっているようだった。ひとつの丘全体を敷地とした、とても宏壮な邸宅か城館のようなものに、一行は向かっているようだった。その丘の天辺には、こうこうとあかりをともした、おとぎの国の城のようにみえる大きな何棟かの建物が並んで建っており、そして、道は丘をまがりくねりながらその建物にむかってのぼっていた。丘のところどころにも、あずまやか、それとも別棟と思われる四角くて丸屋根のついている建物があった。

（タイス伯爵タイ・ソン閣下の居城、紅鶴城——といっていたな……）

グインが、馬車の窓からそっとのぞきながら、使者のことばを思い出していたときだった。前後を騎士団のものたちに護衛されたかれらの馬車は、ゆるやかな丘陵のさいごののぼりをおえて、丘の上のその大きな建物群の、まんなかのひとつの前正面の車寄せに近づいていった。

それはまた、さっき通り抜けてきた繁華街とも比べ物にならぬくらいにぎっしりと、いたるところにあかりをともした、まさしく《不夜城》というしかないような建物だった。馬車がとまり、馬どもが低くいななくのが聞こえた。

「降りろ」

馬車のドアをあけにきた、騎士たちが命じた。

「タイス伯爵タイ・ソン閣下はお待ちかねだ。さっそく、ご謁見になる。——閣下はすでに酒宴の席においでになる。いったん御挨拶を申し上げてから、閣下のご要望にしたがい、出し物の準備をするがいい。出し物の準備に必要なものはこの馬車のなかか？」

「ああ」

「なんだ、横柄なやつだな」

騎士は一瞬イヤな顔をした。

「よいか、閣下の前に出たら、丁重に、うやうやしくするのだぞ。でないと、あとが怖いからな。——この馬車ともうひとつの馬車は、馬ごと、裏に運び、楽屋にあてられているお前たちの部屋の外側につけておいてやるゆえ、そこであとで必要なものを取り出すがいい。まずは、着替えその他の用意もあとでよい。閣下がたいへんお待ちかねなのだ。まずは閣下にそのままで御挨拶を申し上げ、おのれらがどのような一座であるかの口上を申し上げて、閣下に拝謁の光栄をたまわるがいい。——全員だぞ。そして、そののちのだんどりは閣下の御希望のとおりにするのだ。わかったな」

「はい、わかりました」

このときにはもうマリウスも前の御者席から降りてグインのかたわらにきていたので、すばやく丁寧に頭をさげた。

「うむ、そのようにしておとなしやかに、従順にしていろ。——では、ただちに、閣下のおん前に向かうのだ」

「あの、出し物にはかかわらない一座の衣装係のものなども、御一緒に連れて参るのでしょうか？」

マリウスがきいた。騎士は馬から下りてかたわらに立っていた隊長のロー・エンの顔をみた。隊長はうなづいた。

「すべての者がいったん閣下にお目通りするのだ。閣下に御挨拶を申し上げぬ芸人は、というよりも、閣下が御挨拶を許されぬかぎり、芸人はタイスでは何の商売もできぬのだ。そのように心得ておけ」

「わかりました。でもこんなそまつな身なりで——よろしいんでしょうか」

「最初は必ず、舞台衣裳ではないままで閣下にご挨拶するのがならわしだ。閣下は、素顔の芸人を見ておいて、それから、それがどのように華やかに変わるのかを見るのが楽しみなのだといっておいでだ」

「かしこまりました。じゃあ、おおせのとおりに」

マリウスはうやうやしく頭をさげた。

ロー・エン騎士長はグインたちにあごをしゃくった。

「ついてこい。いまはまだ何ひとつ持たんでいい。ああ、吟遊詩人はキタラだけ持ってゆけ。あとのものは何も持たんでいい。ことに、その三人は、剣を帯びてはならん。剣は馬車のなかにおいてゆけ。馬車と一緒に楽屋のほうに運んでおいてやる」

「………」

グインはうっそりと頭をさげただけだった。

一行は、そのようなわけで、マリウスがキタラを持っただけであとは身のまわりの品ひとつ持たされぬまま、あわただしくせきたてられてタイス伯爵の城館《紅鶴城》に入っていった。

それはたいそう大きな、天井の高い城館であり、その名のとおり、内部は基本的に紅鶴というのはキタイではよく知られている鳥であったが、中原にはおらぬので、そうした意匠としてしかふつうは知られていなかったのだが、ここでは、じゅうたんにも、くちばしの長い紅鶴が織り出されていたし、カーテンも鶴を図案化した模様、そしていたるところに、紅鶴の意匠の置物や人形などが飾られていた。


(驚いたね。なんと、真っ赤だよ、どこもかしこも！)

マリウスは、ずーっと、御者席でタイスのようすを眺めながら、いろいろと感想を誰かとわかちあいたくてたまらないのを懸命に我慢していたのに違いなく、まだまわりに大勢タイスの人々がいるからあまり大声も出せないままに、グインにそっと顔をちかよせて、ひそひそとささやかずにはいられなかった。

(それに、なんだか――そうだねえ、なんだか、脂粉くさいというか……タイスの支配者、タイスの帝王たるタイス伯爵の居城というよりは……なんだか、どこかのたいそうもなく立派な女郎屋にでもまぎれこんだような気がしない？　なんかそんなような……あまりいかめしいとか、権威とか、そういうものは……)

「口をつぐめ。まもなく御前だぞ」

きびしく注意されて、マリウスは首をすくめた。そのとたん、いきなり、真っ赤な色彩が、かれらの目の前にふってきたように思われた。

第二話　タイスの支配者

1

それは、まことに華やかそのものの、色彩の乱舞であった。

真っ赤なものは、目の前にしきつめられたじゅうたんであり、そして、その両側に垂らされた、びろうどのカーテンだった。じゅうたんには、かなりいろいろな色合いを使って複雑なモザイクのような模様が織り込まれていたが、基本的にはその色使いは、赤や黒や銀色や白、ところどころにほんの少しの青、といった具合で、あまり明るい色はなかった。カーテンのほうは深い紅色で、そしてついている房はその同じ紅色に銀糸が織り込まれており、カーテンのところどころにきらきらする小さな宝石のかけらのようなものがちりばめられていた。

そのカーテンがところどころ、しぼりあげられていて、そのむこうにはドアがあるのがみえた。そのドアにはそれぞれに、暗い黒檀の扉の上にあやしい花の模様が象嵌されていた。廊下のそこかしこには、暗い象牙色の台に黒い足のついた小さなテーブルがおかれており、その上に花だの、彫像だのがぎっしりと飾られていた。

なんとなく、建物全体が、タイスの支配者の宮殿、というよりは、まるで「タイスで一番大きな女郎屋」のなかみたいだった。たいそう豪華で、豪壮なのだが、なんとなく全体の作りが「やわらかい」感じがしたからだろう。その廊下を、武張ったなりをした騎士たちが歩いてゆくのがあまりそぐわない感じがする。本当は、あでやかな女郎たちが、肌もあらわにそぞろ歩いているほうが、はるかに似合うのではないか、と思わせる長い廊下だった。それぞれの、花の柄を刻み込んだドアも、その奥で難しい政治むきのことをおこなっているよりは、大きな寝台をつくりつけて、酒でも飲みながら酔客が女を相手にしている、と思うほうがずっと自然のような感じだった。

「さ。こちらだ」

騎士たちにはさまれるようにして、グインたち一行は廊下を何回もまがり、もう二度とあの入ってきた玄関へはひとりではたどりつけない、と思うほど複雑な道筋をたどって、いよいよ謁見の間らしいところへ到着した。そこも、それがクムの特有の様式であるらしく、赤いカーテンがさがっていたが、それを、両脇に控えていた小姓が紐をつかんでしぼりあげるようにすると、そのびろうどのどっしりとした幕が両側にするするとしぼりあげられ、するとその向こうに隠れていた、大きな扉があらわれた。グインでさえ、手をのばしてもとうていてっぺんへは届かないだろう、と思わせるほどに、巨大な扉で、これまで通ってきたどこよりも大きかった。

その扉には、両側から、後足で立ち上がって咆哮している、獅子《シムラー》ともキメイラともつかぬ奇妙な動物がきわめて精巧な象嵌で描かれていた。その口からは炎が吐き出されており、両方の動物の口から出る炎がまじりあったところが、ちょうど扉のあけ口になっているらしかった。

「美の都タイスの偉大なる支配者、われらが永遠の帝王にして最大の審判官、タイス伯爵タイ・ソン閣下に申し上げます。閣下の御命令により、近頃ルーエにて評判をとりました旅の芸人、『豹頭王グインと吟遊詩人マリウス一座』の者、総勢六名をこちらに召し出しましてございます。何卒、閣下にお取り次ぎを願わしゅうございます」

ロー・エンが大声でよばわった。

すると、扉のなかから何か復唱するような声がして、それから、さらに奥のほうでまた何か人声がきこえた。それから、ごわーんと大仰な、巨大な銅鑼をうち鳴らす音がしたかと思うと、ゆるゆると、炎の獅子を描いた扉が左右にひかれた。二頭の獅子たちは、口から炎を吐きつけながら、扉の両側に引き裂かれた。

とたんに、中から、もう一度銅鑼が打ちならされたので、マリウスとフロリーとスーティは飛び上がってしまうところだった。

「閣下は、特別に寛大なるお心をもって、旅の一座の者にお目通りを許される」

中からあらわれてきた、小姓がもったいぶって告げた。

カーテンの前に待機していた小姓は頭に薄い水色のターバンをまき、同じ水色のふわふわして袖口のふくらんでいるブラウスのようなものを着て、腰高に黒いサッシュベルトをしめ、黒い裾のふくらんだパンツをはき、ぐるりと袖ぐりと裾に金糸の刺繍のある、紺色のびろうどのヴェストを着て、腰に小さな金の小さ刀をつるしたお仕着せを身につけていたが、中からあらわれた小姓はおそらく、それよりも格式が上であるとみえた。これも水色のターバンをまいていたが、そのまんなか、ちょうど額の上のところには大きな赤い貴石のまわりに金糸をぐるぐるとまきつけたような飾りがはめこまれており、そして、ブラウスとサッシュベルトは同じであったが、そのサッシュベルトにも銀糸が編み込まれてキラキラしていた。そして、ヴェストは黒地のびろうどで、金糸の刺繍ももっと手のこんだ幅広のものだった。両方の足首のところに金の環をいくつもつけている。さきのそりかえった靴をはき、そのそりかえった先っちょのところに小さな鈴がついていて、歩くとリンリンと鳴る。たっぷりとしていて裾がいったん大きくふくらんでから足首でぎゅっとしまっているクムふうのパンツは、両側のところに銀色の布がたて一列に縫いつけてあった。なんとなく、遠いキタイの小姓人形のようにかわいらしいお仕着せだったが、また、そのあらわれた小姓もまだ十五、六の少年で、つりあがった黒い目とかわいらしいなめらかな頬をもつ、きれいな子だった。

「旅の一座の者は次の間にすすみ、閣下のおことばを待つように。――ロー・エン隊長以下の者には、お役目ご苦労。こちらにて用済みにつき、もとの任務に戻るようとの閣下よりのおことばである」

「かたじけなき幸せ」

隊長がもったいぶって両手をかさねあわせるようにし、その両手を、胸の前にあげて礼をした。それから、ちらりとグインのほうをみて別れをつげるようにうなづきかけたが、その目は、(しっかり稼げよ！　無礼をして、閣下の逆鱗にふれるのじゃないぞ！)と忠告しているかのようだった。

「一座の者、次の間にて待つがよい」

小姓が云った。かれらはいくぶん緊張しながら、案内された「次の間」に入っていった。

そこは、いかにも「控えの間」然とした、やはり赤を基調にはしているが、赤だけではなく黒だの金だのもふんだんに使われた室だった。壁にそって長椅子がいくつかおいてあり、まんなかに大きめのテーブルがいくつかおいてあって、そのテーブルの上に巨大な花瓶がある。そこにはぎっしりとあやしいクムの花々が生けられている。そこで、椅子にかけて待たされていると、いったん奥に入っていった小姓が、また出てきた。

「タイ・ソン閣下がお目通りを許される」

小姓が、その可愛らしさとも年齢ともまったくそぐわない、威張った調子でいう。

「閣下の前に出るときには、まず指示された場所で平伏し、そこから、膝立ちで陛下の御前まで這ってゆくのだ。よいな」

「かしこまりました」

「閣下が顔をあげよ、と云われるまでは、誰も顔をあげてはならぬ。その子供もだ。わかったな」

「わかりました」

「そうして平伏したまま、おことばのかかるのを待つように」

これはまた、ずいぶんと大仰なことだ——ひそかにマリウスとグインとは目と目を見交わしたが、そのまま、おとなしく、小姓に連れられて、また、さらに次の間の一番奥にあるカーテンをしぼりあげた、その奥にあるさらに巨大な扉の奥へと案内されていった。

ふたたび銅鑼が大仰に打ち鳴らされ、するすると両側に扉があく。こんどの扉の象嵌は、炎を吐いている龍であった。龍のまわりがくまなく金色にふちどってある。その扉が開くと、いきなりまた真っ赤な色彩が目に飛び込んできた。

銅鑼が立て続けに打ち鳴らされて、耳を聾せんばかりのやかましい音をたてた。教えられたとおり、人々は、入っていって、小姓に命じられたところで膝をつき、平伏した。そこには、やはり龍の柄を織り込んだ暗紅色の絨毯が敷かれている。そのさきには真っ赤な無地のじゅうたんがひかれ、そして、そのもうちょっと先は階段になっているらしい。階段も赤いじゅうたんに覆われている。

「進め。閣下がお待ちかねだ」

さきほどの小姓とは違う、重々しい声がした。

「そのまま顔をあげずに這って進むのだ。子供は母親が抱いて進んでよい」

スーティもどうもようすのただならぬことを感じているらしく、おとなしく、やや不安そうにフロリーに抱かれている。

そのまま、かれらは、じゅうたんの上を、四つん這いで這いずって進んでいった。リギアもマリウスも、もしも本当にこのような屈辱的な礼儀作法を要求されているのであったら火を噴いてしまったかもしれないが、これもすべて見せかけだ、と思うと、むしろ面白がって出来るようであった。ずるずると這いずって進んでゆくと、「止まれ！平伏せよ」と鋭く声をかけられた。

そのまま、グインも、マリウスも、リギアもスイランも、みな額を絨毯にすりつけるようにして平伏した。その頭の上から、重々しい声が降ってきた。

「もうよい。目通り許す。一同、おもてをあげよ」

「ははあ……」

あいまいな声をあげながら、かれらはおそるおそる首をもちあげた。

目の前には、これまで這って進んできたよりもずっと一段一段が低くて、丸くなっている階段があり、その一番上に巨大な玉座があった。その両側にまた、真紅に金糸をちりばめ、さまざまな刺繍をほどこしたとてつもなく豪奢なカーテンがかかっている。玉座には、巨大な、クジャク《イーラル》の羽根のように背もたれがひろがっている恐しく大きな椅子がひとつだけ置いてあり、そして、その上に一人の男が座っていた。

「クム大公タリク閣下より、この世の美の都タイスの全権を預かられる、タイス伯爵タイ・ソン閣下である」

玉座の下に立っていた式典係らしき人物が重々しく叫んだ。とたんにまた、ごわーんと銅鑼が打ち鳴らされた。この式典係はつるっ禿げ——生来なのか剃っているのかはわからなかったが——であった。そして、黒い襟のつまった服のまんなかにぎっしりと金のボタンがたてにならび、その下は例のごとくサッシュベルトに裾のふくらんで、足首ですぼまっているクム・パンツ、そしてそりかえった金のクツをはき、肩から短いマントをつるしていた。マントの前のほうはゆったりとその襟もとを飾るようにたるんで下がっている。

グインたちはゆっくりと玉座の上のほうへと目をあげていった。まばゆい金色の椅子に実にさまざまな柄が象嵌してあるので、ぱっと見ると目がくらみそうだった。椅子の上には、天井からつりさげてある、丸い小天井——というよりも天蓋のようなものがある。その天蓋からは長い金糸の房がたくさん垂れ下がっている。

金色の巨大な椅子の上に座っている男は、小柄であった。それが、かなり意表をついていた——あまりのこの儀式の大仰さからして、何かとてつもない怪物じみた存在があらわれるのではないかと、一同もひそかに期待してしまっていたからである。

だが、椅子の上で、深い紅のびろうどの長いマントのようなものにくるまったまま、こちらを興味津々で見下ろしている人物は、四十から五十がらみくらいの、ごくごく小柄な男で、一見したところでは、その人物の見かけには、かれらの興味をひくような特異性は何もなかった。

あるとすれば、頭をきれいに剃り上げていることとくらいであったが、その上に、クムふうの丸いふちなし帽をかむっていたので、その頭も半分くらいしか見えず、ようすからして天辺まで剃っているのだろうと思わせるのみであった。丸帽子のてっぺんからは盛大に黄金の房がつりさがって背中のほうに垂れていたので、一見では金色の髪の毛が長々と下がっているみたいにみえたのだが。

顔立ちは典型的な、目のつりあがって細いクム人のそれであり、痩せてこけた頬と、高い頬骨、それにとがったあごの先と、鼻の両側の下にクムふうの細いなまずひげを生やしていた。あごの先のひげはかなり長かったが、それは黒く、しかも細くて、何か油のようなものでかためてあったので、なんだか筆かなにかをあごにくっつけているみたいであった。

襟の高いマントのおかげで、その下の衣類はほとんど見えなかったが、椅子の腕木においていた骨ばった手をかるく動かすと、その下には黄金の豪華なごわごわする布で織られたかなり大仰なトーガのようなものを着用しているらしいことがわかった。

べつだん、どこといって、怪物的なわけでもなく、また、そんなにぶさいくでもなければそんなにみばがよくもなく、ごく平均的な容貌をした人物だった。だが、グインはかすかに目を細めた――まったく平凡なクム人ふうの外見ではあったのだが、この男のなかにはどこか、グインのなかに、かすかな警報を打ち鳴らさせるものがあった。

それは、その、つりあがった細い目のなかの、興味ありげな、だがかなり酷薄な光のせいであったかもしれないし、ちょびひげに飾られたうすいくちびるもまた、かなり酷薄で、そして傲岸な印象をあたえたからかもしれない。タイス伯爵は、だが、むさぼるように、かれら一行を眺めていた。ひとりづつ、端から順に、異様なほど熱意をこめて、眺めている。そのまま、伯爵はしばらく口をきかなかった。

伯爵のいる玉座の下の、円形の階段のうしろのほうに、例のとげだらけのよろいかぶとをつけたごついクム兵たちが、まるで巨大な武者人形のように何人かづつ、手に旗をつけた大きな槍をかまえたまま直立不動で立っている。その奥には黄金の、こまかに何か地図のような模様を織り込んだ錦の壁掛けのようなものが天井からつりさがっている。

室全体が、巨大な円天井があり、そのなかもすべて金色に塗られた、かなりけばけばしく、そして豪奢なつくりだった。とても広い部屋で、かれらが進んできた赤い絨毯の両側には、それぞれに一個中隊でもきちんと整列して謁見が出来るくらいに広い何もない床がひろがっている。その奥のほうに、ずらりと、謁見の随身をつとめているらしい、同じ丸帽子に襟のつまった服と短いマントのお仕着せの宮臣たちが、三列くらいに整列していた。

「そのほうらが、ルーエとタリサでたいそうな評判をとったとかいう、旅の一座であるか？」

タイ・ソン伯爵がゆっくりと口をひらいた。声は、いくぶん甲高く、ありていにいうとちょっとキイキイしたひびきをもっていた。

「さようでございます」

マリウスが丁重に頭をたれて答えた。グインは論外であったから、とりあえず、この一座を代表して口をきくのはマリウス、ということは、もうかれらにとっては当然の前提になっていたのだ。

「どちらから参った？」

「ルーエから参りまして御座います、閣下。その前はタリサから、その前はさらに北方のほうにて興行をいたしておりました」

「そのようなことを聞いているのではない。――そのほうらは、いずこの国の出身か、と聞いている」

「恐れ入りましてございます。この一座は、あまり歴史もございませんで、このたび、水神祭りに参加させていただこうと結成いたしました。それゆえ、わたくし吟遊詩人のマリウスはパロ南部の出身でございますが、こちらの豹頭王グインを演じますもと傭兵のグンドはモンゴール、もと傭兵スイランはユラニア、そしてこちらの女騎士リナはパロ、こちらの衣装係はモンゴールの出身と申しますように、それぞれに出自は異なっております」

「その、豹頭王グインを演ずるという役者に問いたい」

伯爵が云った。その黒い細い目は、いまや火のような興味にもえて、グインを見つめていた。

「ちと、立ち上がってみよ。苦しゅうない、余が許すのだ。立ち上がって、その体格すべてをこのわしに見せよ」

「かしこまりました」

グインは、ゆっくりと立ち上がった。

壁と、入口近くを埋めているかなり大勢の宮臣たちの口から、おおっというようなどよめきの声があがった。

ずっと、入口から這ってきたのだ。当然、その四つん這いの格好をみても、大柄だろう、ということは察せられても、本来の体格そのものは想像するしかない。ぬっと立ち上がったグインの巨体を見たとたんに、タイスの廷臣たちがどよめいたのももっともであった。クム人たちは、ずんぐりとしていて、わりと横にはごついほうだが、たては全体に決してそれほど大柄ではない。そこに居並んだ廷臣たちのうち、グインの肩までも届かないもののほうが八割方であっただろう。なかには、胸までくらいしかないものもいただろうし、グインと同じほど背の高いものがおらぬのは当然としても、一番なかで背の高いものでもやっとせいぜいが肩くらいまで、というところであった。かれらの目からは、それこそグインは雲つくような巨人に見えたにちがいない。

どよめきの声はしかし、ぎろりと伯爵がそちらを見やるとぴたりとしずまった。伯爵は、感心したように上から下までグインを見上げ、見下ろしていた。

「これは、また、みごとなものだ」

伯爵の口から、感嘆の声がもれた。

「わしもずいぶんと長いこと、たくさんの旅興行師をも目通りしてきたが――なかには、大きさが売り物の剣闘士などもいたものだが、これほどに大きい男をみたのはもしやして、はじめてかもしれぬ。――名はなんといったかな？」

「グンドと申します」

「年はいくつになる」

「四十歳になります」

これは、マリウスが、もっともらしい答えをあらかじめ考えてくれてあったことどもであった。

「出身は」

「モンゴールの北部にて名もなき開拓民の村にて生まれました」

「ずっと傭兵をしておったということだがそれに相違ないか」

「ございませぬ」

「剣の心得がないわけではないが、あらそいごとを基本的に好まぬゆえ、傭兵をやめて、その巨体を生かした旅芸人の道に入ったと、ロー・エンに申したそうだな。それに相違ないか」

「ございませぬ」

「その豹頭は、旅の魔道師に、この出し物のために魔道によって変えてもらったものだとか？」

「さようでございます」

「かぶりものではないのか」

「作られたかぶりものではございませぬ。魔道によって、ひとの目に、まことの豹頭王グイン陛下のごとくうつるようにと変えてもらいました」

「そのほうはたいそうもなく立派な体格をしている。その上に、どのような剣闘士でも夢に見てしまうであろうほどみごとな筋肉の発達をみせておる。――それで、剣の達人ではないのか？」

「まことに残念なことではございますが、閣下」

「それだけの体格があれば、クムでならば人気の剣闘士としてたいそうな金をもうけることもできように？」

「生来気が弱く、流血を好まず、争いの緊張によく耐えませぬ。それゆえ、擬闘のほうが性分にあっております」

「ちと、所望がしたいが、どうだ」

「は……私にかなうことでございますれば」

「そのマントと、その下の衣類をとって、その体格をもっとよく鑑賞させよ。足通しまではとらぬでもよい」

伯爵がいささか下品な忍び笑いをもらした。

「いらぬ悪夢にうなされたくはないからな。足通し一枚になってみよ。サンダルは脱がぬままでよい」

「かしこまりました。それでは、御前にて、ご無礼つかまつる」

グインはマントのとめがねを外し、マントをばさりと足元に落とした。ためらわず上に着ていた上着と、腰まわりにまきつけている腰おおいをとり、足通し一枚の格好になってそこに立つ。

おおっ、ともほうっ、ともつかぬどよめきが、口々に廷臣たちのほうからあがった。こんどは、タイス伯爵は臣下のその驚きの声をとめなかった。

「これは、みごとなものだ」

感じ入ったように、タイス伯爵が叫んだ。

「マントの上から想像していたよりも、ずっとみごとな、なんとも闘士型の鍛えきった裸形ではないか。その胸の筋肉、肩の筋肉といい、ひきしまった腰といい、その太腿といい――どこからどこまで、戦うためにだけ作られたようなみごとな体形だが、それでいて、気が弱い、というだけで、戦うのは不向きだというのか？　それは惜しい。そのような詰まらぬ性格上の欠陥は、おのれの努力によってどうとでも克服できるのではないのか？」

「であれば幸いでございますが、なかなかに、もちまえの気質もだしがたく」

「ウーム……とても信じられぬ。――そのまま、玉座の真下まで進むがよい」

「は」

グインはそのまま、従順にいったん四つん這いになろうとしかけた。それを伯爵がとめた。

「よい。時がうつるゆえ、そのまま歩んでそこまでくるがよい。その、階段の一番下のところだ」

「は」

グインはそこまでゆっくりと歩いていった。ほかのものたちは、いくぶん心配そうに、フロリーはスーティを抱きしめ、ほかのものたちは膝をついたまま、そのようすを見守っている。

「そこにじっと立っていよ」

タイス伯爵は命じた。それから、小姓にあごをしゃくると、小姓がさっと玉座にあがっていって、両側から、長いマントのとめがねをはずして、マントをぬがせた。

その下に着ているごわごわした錦織のトーガのままで、タイス伯爵は、小姓たちに手をとられて階段をおりた。小姓たちの補助をかりたのは、べつだん、裾がからまるためだけのようで、身の動きに不自由するから、ということもなさそうであった。

伯爵は階段をおりていって、グインの前に立った。そして、グインを見上げて唸った。

「これは凄い。近くで見ると、まるで小山のようだ」

そういうのももっともであった。伯爵は立ってみると、椅子にかけていたときよりもさらにずっと小柄であったので、じっさいにグインのそばに寄ってみると、伯爵のその丸帽子をつけた頭がようやく、グインの腹の上のあたりに届くくらいであった。まるきり、大人と子供のようにさえみえる。

「これは、これまでわしが見た最大の男だ、このわしがいうのだ、間違いない」

伯爵は感に堪えたように叫んだ。そして、手をのばした。

2

「よいか、芸人。そのまま、じっとしていよ。これは命令だ」

「はい」

伯爵は、手をのばして、グインの太腿の筋肉を押してみた。それから、手を上にのばして胸のあたりをつまみ、それから、手がとどかなかったので、グインに膝をつくように命じて、肩と首の筋肉の厚みを確かめて、感心しきったように唸った。

「おどろくべき筋肉だぞ、これは」

伯爵は、いかにも鑑賞眼を誇る鑑賞家然と叫んだ。

「これほどたっぷりと筋肉がついているのに、実にやわらかい。もっとみかけからして、ずっとごつく固い筋肉がついているのだろうとばかり思っていたのに、実にやわらかくしなやかな、なんとも素晴しい筋肉をしている。四十歳だといったな。それでこの筋肉を保っているのなら、たいそう立派なものだぞ、芸人。毎日、鍛えておるのか」

「一応」

「だろうな。でなくては、とうていこのようなみごとな、しなやかで柔らかい筋肉は維持できまい。ふむ、あちらをむいてみろ――うむ、背中の筋肉もとても発達している。だがなんといってもみごとなのは腹まわりだな。こんなに段がついて横割れしている。腕も太股も実に太いが、それでいて肘から先、膝から先は長くて思ったより細い。いらぬ筋肉はまったくついてなくて、必要なものだけがみごとについている、という感じだな。これほどの筋肉を、そんな、田舎芝居の擬闘などに費やすというのはあまりにも罪深い無駄遣いというものだとわしは思うぞ」

「これは、恐れ入ります」

「お前なら、タイスだけではない、ルーアンで、剣闘士としてお披露目をしても、たちまちのうちに、人気沸騰することだろう。クム国内で人気筆頭の英雄、剣闘士王ガンダルはもうかなりの年だ。まだ老齢、というには少しだけ早いが、お前よりは十歳以上年をとっている。それでもおそるべき膂力と筋肉と剣技を誇っているのは、日夜のたゆまぬ訓練のたまものだそうだ。わしはガンダルが贔屓でな。よくこのタイスにも呼び寄せて公演をさせる。悩みのたねは、ガンダルほどの剣闘士となると、もう、めったな相手では、立ち向かわせることもかなわぬ、ということだ」

伯爵の目がきらりと輝いた。

「お前は素晴しい。お前がこのみごとな筋肉を、ちょっとでも見た目どおりに使いこなすことが出来るのだったら、お前こそは、クムの英雄ガンダルの後継者として、クム全土にその名を鳴り響かすこともできように。なぜに、これだけの宝をもちながら、こんな粗末なみすぼらしい一座で田舎まわりなどをしている。馬鹿なやつだな。それともそれほどまでに気が弱いのか。それともよほどの田舎者で、何も知らぬのか。知らぬのなら、このわしが教えてやってもよいのだがな」

「これは恐れ入ります。だが、私は、あまりに気が弱く……」

「そのようなものは、訓練すればいくらでも克服できる」

伯爵の目が輝いている。グインは、どうも危険な方向に話が向いている、と悟った。

「恐れながら……たいそう寒くなってきて、からだが冷えて参りましたが、もう衣服をつけてもよろしゅうございましょうか」

「なに、寒いだと。情けない、それだけの立派な図体をしていたら、四六時中裸でいてさえ少しも寒さなど、感じぬはずだぞ。そのみごとな筋肉は見かけ倒しだとでもいうのか？」

「さあ、それが……」

グインは困ったように云った。

「私はもともと、体が大きくはありましたが、あまり筋肉など、立派なほうではなくて……それが、あるとき、やはり旅まわりの魔道師に出会って、いろいろとコツをきき、秘訣を教えてもらい、筋肉を立派に育てるための薬と器具とを売って貰って、それでからだを――鍛えたというよりは、からだ造りにはげんだもので……筋肉がたくさんついていたら、見た目も強そうに見えようかと思いまして。それゆえ、鍛えたといっても、実戦や、戦闘用の訓練で鍛えたわけではなく……あくまでも、みせかけの筋肉でして……このからだは、あくまでも、旅芸人の……見世物用に作ったもので……」

「なんとそうなのか？　だが力はあるのだろう」

「それはまあ、これだけの大きさですので、それなりに。だが、もともとは、私はたいへん気が弱く……なにごとにもすぐおどおどしたり、びっくりしたりしてしまうものですから……それで、傭兵になったあとも、お前は見かけと中身があまり違いすぎるので、使い物にならぬといわれて、すぐにやめさせられることになりまして」

（………）

思わず、リギアとマリウスとは、なかば平伏したまま、ちらりと目と目を見交わさずにはいられなかった。

だが、グインはいたって大真面目なようすをしていた。

「なまじこのように大柄な上に、見た目がいかにも強そうなので、いろいろと不都合が多うございまして――しかし、私はとてものことにひとさまのいのちをとったり、血を

流したり、ということは出来ませんので……こうして、擬闘で旅から旅へ、見ているかたたちに喜んでいただくのが一番幸せで……」

「むぅ……」

そのグインの返答をどうとったのか。

しばらく、タイス伯爵は眉をしかめて考えこんでいたが、やがて、肩をすくめた。

「まあよい。ではともかくもその擬闘とやらいうものを見せて貰わなくてはならんな。それを見ればずいぶんと、お前がどのていど剣を使えるのかもわかるだろう」

「おそれいります。あまりに図体がでかいので、たくさんのご期待をいただいて――それで、失望をおさせしなければいいのだが、と、それだけが気に懸かるばかりでありまして」

「……」

グインにいささか興味を失ったようすで、タイ・ソン伯爵はまた玉座に戻っていった。

「もうよい。衣類をつけてよいぞ。――ほかのものともども、もう、いったん控え室に戻れ。そして、出し物の準備をせよ――今宵の晩餐会の出し物に、そのほうらの出し物というのを見せてもらおう。なに、それほど緊張するにはあたらぬ。特に賓客がきているというわけでもない、ごくあたりまえの、いつもどおりの晩餐にすぎぬからな。だが、わしは晩餐のときには必ず、目や耳の楽しみも求める。――晩餐がおわり、食後酒が運ばれたときに、お前たちの出し物とやらをはじめるがよい。――その前に、そこの吟遊詩人」

「はい。閣下」

「おもてをあげよ。――名は」

「吟遊詩人マリウスと申します」

「美しいな」

伯爵が云った。そして、こんどは、グインを検分したのとは、かなり異なる関心をこめて、マリウスを見つめた。

「アイ・サン」

手のひらを上にむけて、小姓に声をかける。小姓が、すかさず、進み出て、伯爵の手の上になにかを乗せた。それは、大きな、はめこみ式の水晶の片めがねであった。その片めがねを目にはめこむと、伯爵は、まじまじとマリウスを見つめた。それから、目をほそめ、さらに見つめた。

「何歳になる?」

「二十二歳でございます、閣下」

「そんなに若いのか。もうちょっと、いっているように見えるが」

「はい、旅から旅へ、苦労の多い暮らしでございますので」

「そうか」

ぬけぬけとさばをよんだマリウスをリギアが呆れたようにこっそり眺めた。だがマリウスは知らん顔をしていた。

「さきほどの階段の下まで参れ」

「はい、閣下」

今度は、マリウスをさきほどの場所に進ませると、階段をおりてくることなく、伯爵はまた片めがねでしげしげとマリウスを眺めた。その目つきには、こんどは何かもっと意味ありげな光がこめられていた。

「声も涼しいが、歌がたいそううまいという評判だな」

「おかげさまで、そのようにおっしゃっていただいて、あちこちの皆様より御贔屓をいただいております。有難いことでございます」

「何が得意だ？」

「なんでも、歌います。ご要望とあれば、どのような歌でも。——出し物のひとつに、歌の御希望をいただき、もし私の知らぬ歌があれば、おわびに賞金をさしあげる、というものがございます。いまだかつて、私の知らぬ歌に出会ったことがございませぬ。世界各国を経巡っておりますので、どのような曲でも、どのような国の歌でも、覚えております」

「これはまた大きく出たものだ」

ふっと伯爵が笑った。

「では、何か一曲歌ってもらおう。そう思って、キタラを持ってこさせたのだからな。

――べつだんだが、お前の知らぬ歌を探して頭を使うことになど興味はない。なんでもよい、お前のもっとも得手だと思う歌を歌え。――もっともおのれが巧く歌えると思う歌を歌ってみよ」

「かしこまりました」

「ああ」

面倒くさそうに、伯爵は手をふった。

「その前に、吟遊詩人以外のものたちは、あてがわれた部屋にひきとらせ、夕食をとらせよ。――おそらく出し物の準備もあろう。吟遊詩人だけ残して、他のものはもうさがってよいぞ。お前たちの出番は、わしの晩餐のさいごだ。よいな、わしの晩餐を興ざめさせぬよう、心してつとめるのだぞ。食事よりも、いつもわしの楽しみにしているのは食事の後の甘い酒の一杯だ。その酒の一杯をまずくするような芸人は、その場で――あまりに酷ければ首をはねさせることもある。鞭うたせることもある。――芸が少しばかりよかろうと、見かけがあまりによろしくなければ、吐き気がするのでそやつは水牢にぶちこむこともある。そのつもりで、心してつとめることだ。芸人というものは、美しくなかったり、芸がなかったり、見応えがないようなものはこのタイスでは生き残ることを許されぬ、とわしは思っておるのでな。——では、連れてゆけ。のちほど、連れてくるがよい」

それは、謁見の終了の宣言であった。

マリウスはひとり残されたが、べつだん心細そうな顔をしているようでもなかった。むしろ、リギアとフロリーのほうが、心配そうであったが、どうするわけにもゆかなかった。

グインもともに退出を許されたので、かれらはそのまままた控えの間に下がっていった。こんどは四つん這いで戻ってゆけとまでは云われなかったかわりに、ずっと頭をさげて身を低くして戻るように云われた。かれらがその窮屈な姿勢で開いた扉を通ろうとしているとき、マリウスが和絃をかなで、そして最初の美しい歌声を響かせるのがきこえてきた。

かれらは、控えの間から、さらに小姓に案内されて、宮殿のたぶん裏手側にあるのだろう、こうした芸人用の控え室にあてられているらしい、おもて半分よりはずいぶん粗末なこしらえの、だが広い部屋に戻ってくるまで、用心して何もしゃべらなかった。案内の小姓が、「夕食が運ばれてくるまでは、好きに休んで、出し物の準備をしておくように」と云いおいて出ていってしまうと、やっと、かれらは、かれらだけになって、ほっとして目と目を見交わした。

「いい子ね、スーティ。よくあんなにおとなにしていたわね」

リギアがふーっと溜息をついて云う。

「途中で何か騒ぎ出すのじゃないかと思ってはらはらしたわ。本当にこの子は、いろんなことを妙にわきまえているようで、助かるのね」

「はい、あんなに大勢の人をみるのも、あんな立派なお部屋にゆくのも生まれてはじめてのことですので、母のわたくしまでとても緊張いたしましたが、おとなしくしてくれていたので、本当に助かりました」

フロリーが深い吐息をついて云った。

「いい子だったわね、スーティ。……本当によくおとなしくしていてくれたこと」

「ぶぅ」

スーティは、必ずしもおとなしくしているのが本意だったわけではないらしく、また、そこのところを褒められたところで、べつだん嬉しくもなんともなかったと見えて、そう返事をしただけであった。それよりも、スーティはあたりのようすにすっかり気を取られているようだった。

それは、ガウシュの静かな寒村で育ったのだから、無理もないことではあったが、このところは、それからそれへとスーティにとっては目のまわるようなことばかり、それもたいへんなめまぐるしさで起こっていたので、普通の子であれば、相当にへこたれたり、最悪であれば錯乱したり熱のひとつも出してしまってもおかしからぬところであっただろう。だが、スーティは、かなりぐるぐるしてはいたようだが、いたって面白そうにあたりを眺めており、見たこともないような場所にいって、あとからあとから新しい体験をすることそのものをも、微妙に困惑しつつも、おおいに楽しんではいるようすであった。フロリーがやっと手をはなし、床におろしたので、ずっとおとなしくしていた腹癒せだとばかりに、スーティは室内の探検をはじめ、あっちにいったり、こっちにいったりして見物をしていたが、大人たちも相当に神経が疲れていたので、それでいいことにして、スーティにはひとりで遊ばせておいた。

「あの、マリウスさまは……大丈夫でいらっしゃるんでしょうか……」

いくぶんおどおどしながらフロリーがきいた。何よりも、それが、心配で心配でならぬようすであった。

「あのひとは大丈夫よ。こういうことにも馴れているし、それに、もし……」

リギアは肩をすくめた。

「もし、その……何かあったとしても、あのひとに限っては、舌先三寸でちゃんといいくるめてしまうことが出来ると思うわ。それに、たぶん――もしかしたらあの伯爵は、あのひとのことをお気に召したのよ」

「まあ、まだお歌をきかれる前に、もうお気に召したとわかったんでございますか」

フロリーがいたって純真に目をまるくしてきいたので、リギアは若干返答に窮した顔をした。それから、肩をすくめた。

「お気に召したのは歌のほうではないと思うわ。だけれど、そんなのはそれこそ、マリウスにとっては、いつもの稼業なんですから、べつだん困りもしないでしょう。べつだん、なんとも思わないのじゃないの？　私も最初はあの氏素性を考えたらとんでもないことだと思っていたけれど、だんだんあのひとにならされてしまったのかしら、まあ、あのひとはああいうものでいいのかしら、ああいう生き方というものもきっとあるんだわね、と思うようにならされてしまったわ。まあ、あのひとの勝ちだということかもしれないけれど」

「はあ――？」

フロリーは、よくわからないようすで首をかしげる。リギアは素知らぬ顔をしていた。

「私たちには、ご下問がなくてまあいっそのこと幸いだったわね、スイラン」

苦笑していう。

「たいして興味もひかれなかったようだったし。まあ、こういうところでは、そのほうがよっぽど有難いというものだわ。面倒ごとを避けるためにもね。だけど、スイラン、あの伯爵どのは、気になることをいっていたわ。芸だの見かけが気に入らなければその場で首をはねるだの、水牢にぶちこむだの、鞭打たせるだのって。ということは、私たちもよっぽど気合いをいれて出し物をお目にかけなくちゃいけないということね。タリサやルーエのように簡単にゆくとは思ってはいけないってことかしら。何か、私たち、出し物の筋書きをかえたほうがいいのかしら?」

「いや、そんな必要はないだろう」

グインが答えた。

「もし、そう思えばマリウスが戻ってきて何か考えてくれるだろうしな。とりあえず、馴れたことを確実にやったほうがいいだろう。あまりここで妙な小細工をしたりせんほうが——まあ、俺も、あまり妙なことはせんほうが無難は無難だろうと思うので——最初は、ちょっと、いま自分の吹いた話を真実らしく見せかけるには、あまりに擬闘で真実味のあるところを見せて、なんだ、本当に強いのではないかと思われてしまうと危険なのかなと思わないでもないのだが、しかし、また、ここで小細工をしすぎても——結局のところは、これまでやってきたとおりのことをやるのが一番手がたいし、手馴れてもいるだろうと思う」

「そうかもしれない。でも、どちらにしても、ちょっと武闘に目のある人なら、グ——グンドがほんのちょっと足さばきや目の配り、身ごなしをみせただけでも、どのていどの腕前かということはわかってしまうわ。それに、それは、擬闘のためだけに鍛えた、といってもも通用しないかもしれない。それについては考えておかなくてはいけないかもね」

「だが、本当に弱く見えるようにしてしまっては、擬闘の出し物そのものが成立しないからな。ま、なんとかなるだろう。いざとなれば、もう仕方がない。適当なときにこのタイスから逃げ出してしまえばいいのだ」

「そう、出来るといいんだがね」

スイランが憂鬱そうにいった。スイランは、何かちょっとこのなりゆきに困惑したり、鬱屈したりしていることがあるらしく、オロイ湖を渡っているときは楽しそうだったが、タイスに入ってからは、ちょっとふさぎがちになっていたのである。

「スイランはタイスのことを知っているの？」

「話にきいただけで、それほど詳しいことは知っているわけじゃないが――だが、きいただけでも、このあたりはけっこう面倒そうなところだよ。タイスはべつだん警戒が厳重だったり、とても忍び込むのが大変とか、そういうところではないのだが、しかし、『入るはやすく、出てゆくのはとても大変』な都なのだそうだ、という話は、きいたことがある。――タイスにきてしまったのは、ちょっと早まったかもしれないなあ。ことに、もし万一にも、マリウスさん――座長が、タイス伯爵にとてもお気に召されたりしてしまうと、われわれもタイスを出てゆくのがとても大変になってしまうかもしれない」

「おや」

グインが云ったので、リギアはびくっとして二人を見比べた。

「スイランはタイスで稼ぐのはイヤなのか。旅芸人として、タイスでいい稼ぎをしたいから、この一座に加わってついてきたのかとばかり思っていたが。タイスよりほかに、どこかに目当てでもあるのか？　行きたいところとか、何か、しなくてはならぬことでもあるのか、おぬしは？」

「そ、そんなもの、ないさ。あるわけがないだろう、グンドの兄貴」

スイランはあわてたようすで云った。

「そりゃそうだ、俺は、金さえ稼げりゃいいんだ。ただ、タイスってのは、ほんとにほかの――クムのほかの都とさえ違うという話を何回もきいたんでね。あんまり、やっかいなことにならなきゃいいがと思っただけさあ。長いこと、この都にいると、たぶん、俺だけはまあどうかわからんが、タイスの宮殿の連中から、誰もがきっと、それこそ座長と同じような特別の商売を希望されるだろうからな。――グンドの兄貴、あんたもだよ。それに、多分、フロリーさん、あんたもな。まさかスーティ坊やまでは大丈夫かもしれないが、それも知れたものじゃない。そのとき、どうするね？　どう対応するかも、それぞれにちゃんと決めておかないとね。タイスでは、そういう申し出を断ってしまうのが、ことのほか失礼で、無礼なことだ、ということになっているんだそうだから」

「まあ」

リギアはなんといっていいかわからぬ、という様子をした。

「そりゃ、困ったことだわね。——あたしはまあ、よんど苦手な相手でない限りは、場合が場合だから……しょうがないと諦めてもいいけれどね。でもまさか、このひとが……」

「いや、一番問題なのは、むしろグンドの兄貴じゃないかな」

スイランが困ったようにいった。

「なにせ、ほら、この国は……例のサルルだか、ヌルルだかの信仰がひとかたならぬようなルブリウスの国だ。あそこに居並んでいた廷臣どもだって、たぶん半分くらいはルブリウスの快楽の徒なんだぞ。だから、グンドの兄貴がどうするかってことは、兄貴が決めておかないと……何かと大変だと思うよ。むろん、それでいい、ということだったら、それはそれでいいんだけれどもな」

「あの——何のお話ですの？」

フロリーが困ったように口をはさんだので、一同はますます困惑した。これはあまりにも微妙な話で、ミロク教徒の上にくそまじめなフロリーにあんまり、理解してほしい話でもなかったのである。

「このタイスで、どうやっていたら、一番無事に騒ぎを起こさずにここから出られるだろうか、っていう話よ、フロリー」

いくぶんそっけなくリギアは云った。

「やっぱりここはなかなか面倒そうなところだわね。——私も、もうちょっと、あらかじめいろいろ調べておいたら、マリウスにいって、こんな展開にならぬうちにルーエを逃げ出すようにすすめておくんだったわ」

「なんでだい」

またこんどはスイランのほうが逆襲した。

「あんたらだって、一座を組んで金をもうけるほかに特に緊急な目的があるってわけでもないんだろう。それとも、どこか、どうしてもなるべく早くゆかなくちゃならないところでもあるのかね？　ヤガの巡礼ってのは、あれは結局……よたなんだろう？」

「よた、ということはないわよ、失礼ね」

リギアが、どう答えたものかと考えこみながら云ったとき、扉がかるくノックされた。入ってきたのは、かわいらしい、お小姓たちとよく似たお仕着せをつけた宮廷の下働きらしい女の子たち数人だった。手に、みな盆をもっている。

「ちょっと早いですけれど、お夕食ですよ、皆さん」

にこやかに、彼女たちのかしらだったものがいって、テーブルの上に、盆をおいた。

「このあと、おえらいかたがたと伯爵閣下がお食事をなさるときには、もう皆さんはお食事なされませんので、いまのうちにすませておいてください。足りなければ、お声をかけていただければまだいくらもあります。その廊下に出てずっと左にいって一回右にまがると、下働きや裏方用の台所になっていますから、お塩だの、飲み物だの、食べ物が足りないというときには、そこに云いにきてくだされればなんでも持ってまいります」

「それから、皆さんの馬車の荷物は、この部屋の向かいの部屋にみんなまとめて運び上げました、と伝えてくれと云うことです。それで、ほかに何か入り用なものがあったらなるべく早く申し出てくれるように——あと一ザンほどすると、閣下のご晩餐がはじまりますので、そのあとまた三分の二ザンほどしたら、皆さんの出し物を中庭で披露していただくから、そのつもりで準備するように、ということでした。私たちも見せていただけるといいんだけど。頑張って下さいね。お気に召されないと、とてもひどい目にあわされますから。皆さんが運がいいように、私たちもお祈りしておりますからね」

3

夕食が終わると、かれらはあわただしく、出し物の支度に取りかかった。今回は、スーティには、出番を与えないでおくことにした——だいぶん、伯爵以下いろいろな連中に脅かされたし、少しでも、出来について不安材料は残しておきたくなかったのである。それに、スーティとフロリーについては、リギアもグインも、なるべくおもてには出さないでおいたほうが無難だ、という意見だった。

マリウスは、なかなか戻ってこないので、開演前にいろいろと打合せをする時間がとれないのではないかとリギアがかなり心配していたが、一応それからしばらくして、たくさんの褒美の品を手にして意気揚々と戻ってきた。

「伯爵には、とても気に入っていただいて、五曲も歌わされちゃったよ!」

マリウスはあからさまに得意そうだった。

「こんな美しい歌声は聴いたことがない、って云われちゃった。それにキタラも素晴しいし、もしも他の一座のものたちがいなかったとしても、お前の歌だけでもう、この夕イスで充分に認められるだけの資格はあろうし、他のものたちが、お前の歌の半分程度でも出来るのだったら、それでもう、お前たちは今度の水神祭りの勝利者は確定だろう、とまで云ってもらっちゃったよ。――だから、まあ、よほどへまをしないかぎり、ぼくがあれだけお気に召していただいたんだから、今夜の出し物は、成功することは確実だと思うんだけれどな」

「それはけっこうなことですこと」

リギアはぶつぶついった。

「私たちは、あなたがなかなか戻ってこないもので、いろいろと心配していたんですよ。でもまあ、間に合ってよかった。出し物は、ちょっと手直ししてみましたけど、こんなものでよかったかどうか、見てやって下さいな。なんといっても座長はあなたに違いないんですからね、マリウスさん」

「また、なんとなくからむなあ」

マリウスは肩をすくめたが、そのままおとなしく、自分の任務に戻った。

伯爵の御前公演である、というので、衣裳もなるべくハクのつくような華やかなものにしなくてはならなかった。これはフロリーが張り切っていろいろなものを縫いつけたり、飾りたてたりしてくれた。それから、フロリーはリギアの顔にきれいに化粧をし、長い髪の毛に銀色のリボンを編み込んできれいに結い上げてやった。ほかのものは、あまりめかしこむといっても、化粧するわけにもゆかなかったので、せいぜいが、スイランが、「きれいに髭をそっておけ」とマリウスに命じられたていどで、それとても本当は、悪役をやるためには、もうちょっとごつく、ひげむくじゃらのままにしておいたほうがよかったのかもしれなかった。

ともあれ、それで一同の準備がすんで、いまや遅しと待っているところへ、いよいよ迎えがやってきた。ふたたび、くれぐれも粗相のないように、と注意されて、かれらは、こんどは、まったくさっきの謁見の間にむかうのとは違う、ぐるぐるとまたのぼったりおりたりする階段と回廊を通って、きれいなパティオに連れてゆかれた。こうやって中をあちこち連れまわされていると、どうもとうてい想像もつかないほど宏壮な宮殿に思われてくるが、じっさいには、そこまで広大な敷地を持っているというよりは、ずいぶんと入り組んだ、複雑な建て方がしてあるようであった。

全体に、なにごとも、直接的に、ストレートにゆかない、というのが、このタイスの都の通弊であるように思われた。何もなければべつだんまっすぐにゆける廊下にわざわざ何枚も幕を垂らしてゆきづらくしてみたり、ドアの奥にもう一枚のドアを作ってあったり、何かとくねくねとして、どこもかしこも装飾過多なのが、タイスのやりかたであるように見える。

そして、どこもかしこもあまりにきらびやかに飾りたてられすぎているので、逆にかえって、宮殿全体が女郎屋めいてしまって、ある意味確かに、パロの持っている高雅な洗練、といったものは欠けてしまっている。それは女官たちのお仕着せでもそうだったし、また仰々しい銅鑼つきの謁見などでもそうだった。そのへんは、いかにもクム——というよりも、そのクムふうの文化を生み出した、遠いキタイをしのばせるようなところがあった。

「タイスは、ルーアンよりもはるかに、キタイ文化の香りをそのまま維持している、といわれるからねえ」

早速、解説好きのマリウスが囁いたものだったが。

「ことに、ここは、売っている商品が《美と快楽》だからね。あんまり、進歩だの、科学だのには縁がないんだ。……だからって、ここが繁盛していないってわけじゃない。それどころか、タイス伯爵はひょっとしたら、クム大公より金持ちじゃないかとさえささやかれているんだそうだよ。だから、叛心ありと思われないために、大公にはとてもせっせと尽くしているらしい。タイスというのは、クムの国内でも、かなり特異な地位をしめているようだな」

もっとも、その解説は、グイン以外の人間には、どれだけの興味をひきおこしたかはわかったものではなかった。クムの国内事情などということは、リギアはてんから興味がなかったし、フロリーとスーティは問題外であったし、スイランのほうも、どう考えているのかはまったくわからなかったからである。

中庭の手前にある小さな別棟の建物が、かれらの楽屋にあてられていた。そこを自由に使って、出し物の準備や着替えをするようにいわれて、かれらはそこで待たされた。もう、すでにタイス伯爵の饗宴ははじまっており、もうひと組、前座の、別の芸人たちが、伯爵の御機嫌をうかがっているらしく、パティオのほうからは、にぎやかな楽の音がひっきりなしに響いてきた。それに人々の笑いさざめく声や、どっとはやす声なども風にのってきた。

興味をひかれ――というよりも、競争相手が気になったらしいマリウスが、そーっと、着替える前にそちらをのぞきにいって、急いで戻ってきた。

「よかった、全然あれならぼくたちのほうが勝てるよ。たいしたことない、というか、全然へたくそだ。キタラ二人にキタ一ロ、それにアルガノ琴と笛、あれはたしかオリカというんだな。それに踊る女の子が二人の一座だけれど、あっちは食事中に演奏したり踊ったりしてみせる組で、我々が食後の娯楽になる出し物をお目にかける組らしい。――伯爵の個人的な夕食だといったけれど、どうしてどうして、ずいぶん大勢の客がよばれているし、にぎやかなもんだよ――中庭のところには、すごく大きな堀がめぐらしてあって、そのまんなかに石の舞台が作ってあって――けっこう狭いから、あんまり大きく立ち回り出来ないかも知れない。それにその舞台のまわりじゅうに、小さなかがり火がついていて、舞台を照らしてるんだ。おかげですごく明るいんだけど、でもあまりはじっこにとばされるとかがり火をぶっとばしちゃうかもしれない。——ぼくはいいけど、スイランとグインは気を付けてね。リナもね」

「私は大丈夫ですけどね。天井はついてるんですか」

「いや、上は大丈夫。それで、むかいにこういう低いテーブルがあって、そのむこうにみんなが座ってて……ちょっと図を描いてみせるから、それを頭にいれて、動きを想像してみて」

本当は、現場を一回確認してから出し物をおこなえるほうがよかったのだろうが、もう、そうもいってはいられなかった。

そのうちに、どうしたのか、わあっというすごい異様などよめきがおきたかと思うと、楽の音がやんだ。そのあと、少ししてからまたゆるやかに、饗宴のざわめきが戻ってくる。

それからしばらくして、小姓が、「豹頭王グインと吟遊詩人マリウス一座の者、伯爵がお待ちかねである」と告げにきた。一同は、もうとっくに準備は出来ていたので、いささか胸をどきつかせながら、小姓に導かれて、楽屋から、舞台のある中庭までの長い回廊を通っていった。フロリーとスーティもむろん一緒についていったのであった。

マリウス以外のものたちにとっては、これはたいそうな試練であるには違いなかった。

このような大きな宮殿で公演したことがあるかどうかはともかく、マリウスはそのような興行をなりわいにしている。だが、ほかのものたちは、みな、まったく、そんなものは本職でもなんでもないのだ。だがここまでくるあいだに、タリサとルーエでの興行で、ずいぶんと自信をつけていたとはいえ、いまだに、自分たちがやっていることが、本当に面白いと思って貰えているのかどうかさえ、よくわからないくらいだった。

しかも、一歩、ステージにあてられている石舞台の裏側について、そっとカーテンをまくっておもてをのぞいてみたとたんに、かれらは唸った——マリウスのいうとおり、堀があって、その堀の向こう側に観客席がしつらえられ、そこが饗宴の場となっていたが、そこに並んでいた客たちの数は、かれらが漠然と想像していたものとは比べ物にならないほど多かったのだ。

(ひええ)

リギアがこっそりつぶやいた。

(こりゃ、大変なことだ。——あの客たちの前で恥をかいたら、そりゃ、首のひとつもはねられてもしょうがないかもしれないわね。やれやれ、いったいまた、なんだってあたしはこんなはめ*に*おちいることになったことやら)

その思いはおそらくスイランのほうにもあったのには違いない。だが、スイランは、目をまんまるくしてあちこち眺めているだけで、何も云わなかった。もとよりグインはあまりことばも発さない。その落ち着いた顔をみていると、ほかのものたちも、何があっても大丈夫だ、という気持になるのだったが。

「よし、じゃあ行こう」

マリウスは、しいて声をはげました。

「大丈夫だって、これまでだってずっとあんなにウケてきたんだから。これからだって、タイスでだって、ぼくたちは受けるさ。じゃあ、はじめるよ——まず、ぼくの口上からだ、それがすんだら、いつもどおりに、リナとスイランの立ち回りからはじめるんだよ」

夜は、まだ、ようやくはじまったばかりであった。

それはまた、かれらが過ごしてきたあまたの夜のなかでもとびきり異色の一夜であったにちがいない。ほとんどやけになって、リギアたちは満座の客の前に飛び出して、これまでタリサやルーエでやってきた立ち回りを繰り広げた。スイランはやや——いや、相当に緊張してしまったらしく、だいぶん、打合せにはなかった手をくりだしてきてリギアに内心冷や汗をかかせた——リギア自身も、自分の剣技や敏捷さに自信はあったものの、それはなりふりかまわずの戦場でこそ通用するもので、型どおりに進行する擬闘を迫力満点に見せる、などということは、それほど自信もなかったのだ。

だが、リギアはフロリーの丹精のかいあって、たいへん綺麗にもみえたし、スタイルも抜群で、出るべきところが出て、しまるべきところはよくしまった肢体をクムふうの衣裳に包んでかなり露出過剰だったので、彼女が出てゆくと客たちから満足げな喝采や野次があびせられた——その野次には、相当に無礼な、というよりも卑猥なものもまざっていて、さすがにタイスの宮廷ほどある品のなさだとリギアをひそかにむっとさせたが、それでもそれはおおいに受けていることには違いなく、続いて出てきたスイランがリギアを手籠めにしようとする、くだんのくだりになると、「やっちまえ」だの「本当に手籠めにしてしまってもいいぞ」などという、無法な野次がとんでまたリギアをむっとさせた。もっともさらに始末におえないのは、それを云っているのが、下っぱの廷臣どもではなく、中央に高いところに据えられた《特等席》にすわって酒を飲んでいるタイス伯爵と、明らかにその取り巻き連中らしい、位の高そうな貴族たちだった、ということであった。

タイス伯爵は、およその地位や、タイスの支配者、などという身分からは、普通の中原では考えられないくらいに、熱心に、またリラックスして出し物を楽しんでいるようであった。多少、楽しみすぎるきらいもあるくらいで、熱をおびてくると、豪華な寝椅子から身をのりだして、堀の上に張り出した手すりにつかまって舞台のほうへ、ぐいぐいと身を乗り出した。一度などはあまりに熱中しすぎて、堀に落ちそうになったくらいであった。

その堀割――ごくちいさなものではあったが――にも、上につるされたのや、舞台の端にずらりと並べたかがり火がうつり、ゆらゆらしていて、とても美しかった。舞台は野天になっていたが、伯爵たちのいる宴席のほうは、上から大きく張り出した高い屋根が差し出されており、その下に、伯爵のところを一番高くして、その両側にだんだんななめに低くなってゆく見物席が扇のようにもうけられていた。だから、たぶん、うしろがわの一番身分の低いほうの連中からは、舞台はあまりよく見えなかったのだろう。それで、うしろ側のものたちはみんな、座らないで、一生懸命立ったり、椅子の上に立ち上がったりして、出し物を見ようとして夢中になっていた。

かれらの前にはひっきりなしに酒をついでまわる酌女たちがひざまづいては酒を杯にみたし、また、いらなくなった器をさげ、新しい食べ物を運んできていた。それは大層豪華な饗宴であった。伯爵の席の横のところにも大きな低いテーブルがあって、その上には、いつでもつまめるように小さく切ってひとつづつ串に刺した料理が、まるで花畑のように繚乱と用意されていた。伯爵の足元に、よくみると、二人の、ひどくなまめかしい格好をした、小姓というよりもたぶん色子なのであろう少年が座っていて、その二人はすべてすける生地で作られた肌もあらわな衣類をしかつけておらず、また顔立ちもなかなかきれいであったのだが、その二人が交互に伯爵に酌をしたり、食べ物を云われるままにとってやったりしていた。伯爵は、その串を渡されると、それにささっているのが焼き肉であるか、肉団子であるか、果物であるか、そんなことはいっこうにおかまいないようすで、なかば無意識に受け取って食べ、その串を堀割に投げ捨てた。そして、伯爵の大きな椅子のところには、それを伯爵が叩いて拍手喝采のかわりにするためらしい、小さな銅鑼がくっつけられていて、ときたま、その音で、芸人たちは仰天して飛び上がりそうになるのだった。

饗宴の場全体にもうもうと、熱気とそれに食べ物のにおいがたちこめていて、気が遠くなりそうだった。宮殿の饗宴というのにはあまりにもいささか猥雑で、まるで祭りの広場のように熱気のあふれるそこで、客たちもまた、おおいに生命とその享楽とをありったけ謳歌しているようであった。客たちは男女とりどりであったが、みなぜいたくななりをし、女性はみな、かなり露出過度の挑発的な格好をし、そして、あびるように酒を飲み、あとからあとからむさぼり食っていた。

それを見ておれば、この国——というよりこの都の、一番上の支配者から一番下の民衆にいたるまでが、もっとも価値ありとしているものがどのようなものかは一目瞭然であった——《享楽》である。食物は、さきほどグインたちのところにまかないとして運ばれてきたものもそうだったが、どれも甘さも辛さもたっぷりと濃い目につけられ、やわらかくて、そして妙に逸楽的な味わいのするものばかりであった。固いものや素朴なものや、腹をみたしてただ飢えをしのいで事足れりとするような食物はひとつたりとも出ていなかったし、飲むものもまた、素朴なただの水などは一滴も見あたらなかった。どれもこれもが、手のこんだ、そして贅沢で、逸楽的なものばかりであった。

　居流れている饗宴の客たちは足元にみなたぶん当人の好みにより、可愛い男の子か可愛い女の子か、あるいは妖艶ないかにもそうした商売であるらしい女性をはべらせており、時として公然といちゃついていた。だが、それを気に留めるものは誰もいなかった。そもそも当の支配者からして、両脇にはべらせた肌もあらわな美童たちを、ときたまあごをくすぐったり、ほっぺたをつねったりしてかまっていたし、それに対して美童たちもくすくす笑いやあだっぽい怒ったふりでこたえていたからである。それだけ見ているかぎりではとうてい、ここがタイスの宮殿のなかとは思えなかった。まるっきり、どう考えてもこれは大がかりな女郎屋の大饗宴であった。

　みんながはめをはずし、かついっそうはめをはずす機会を待ち受けているかのようであった。リギアの肌もあらわな格好にもみなは大喝采したが、さらに、お待ちかねの《豹頭王グイン》があらわれると、声をかぎりにいろいろな野次だの喝采だのをあびせかけはじめた。もっともグインはまったく耳などついていないような顔をしていたし、このさいには、その豹頭が、無表情を保つにはとても役に立った。

　グインが剣をかざして飛び出し、リギアとスイランの擬闘のあいだに割り込むと大歓声がおこった。だが、ふいに伯爵が右手をあげて制すると、その歓声は一瞬でしずまってしまった。

明らかに伯爵は、愉快な見世物としてではなく、真剣な武闘の競技としてグインとスイランの対決を見守りたかったのだった。リギアとスイランが擬闘しているあいだには、伯爵もまた誰にも負けずに口笛をふき、指笛を鳴らし、相当に猥褻な野次をも、リギアのお尻のかたちだの、胸の大きさだのについて飛ばしたりしていたからである。だが、グインが出てきたとたんに、伯爵の目の色がかわったように見えた。

伯爵が身を乗り出して真剣に見ているので、グインは、あまり手をぬいて弱いふりをすることもできなかった。さすがに、場所もあらかじめまったく確認できず、しかもそれが堀割に囲まれていて足をすべらせれば堀割に落ちてしまう、あまり広くない舞台、しかもまわりにたくさんのかがり火があってとても危険な——というようなはじめての場所でいきなり戦闘をくりひろげるとあっては、さしものグインもあれこれ計算づくで動くこともしづらかった。それゆえに、かえって、グインの動きは鋭敏になり、スイランはそれを受け止めるためにしだいに必死の形相になってきた。

「参った！」

いつもより気持早めに剣を投げ出して悲鳴をあげたとき、スイランの顔は真っ青になっていた。グインのほうでいかに気を付けて寸止めをしていることはわかっていても、グインのいつもより真剣勝負に近い剣を受け止めることは、スイランにはとうてい無理だったのだ。スイランが剣を投げ出して両手をついて降参のポーズをとると、わあっと大歓声がおこった。伯爵も、ようやく満面に笑みをたたえて喝采の銅鑼を叩きはじめたので、あたりはたいそうやかましい騒音にみちみちたが、同時にようやく、伯爵の顔色をみていたまわりのものたちもほっとしたようだった。

「次の出し物の前に、しばし待て」

伯爵が声をかけたので、引っ込もうとしていたグインとスイランはあわてて舞台に直立不動になった。もうひっこんでいたリギアもあわてて出てきた。

「なかなかみごとなものであったぞ」

伯爵が声をかけてきた。

「豹頭王を演じたグンド。やはりわしの目に狂いはない。そのほうの剣技、実にみごとなものだ。杯をとらせる」

「これは光栄至極」

「受け取るがいい」

伯爵がうなづくと、小姓が、伯爵の前にあった伯爵の杯にはちみつ酒を注ぎ、そしてその銀の杯を持って、いそいで堀割に渡り板をおろして舞台にあがっていった。ときたま、このような賞賛がおこなわれているのだと一見してわかるようすで、その杯が、グインの前にさしだされた。

「これはかたじけなき限り」

　グインはそれをおしいただいて、杯に口をつけ、一気に甘たるいはちみつ酒を干した。それを見守っていた客たちがどっと歓声をあげる。

「これは、飲みっぷりも体同様たいそうみごとだな。もう一杯つかわせ。——その杯はそのほうへの褒美だ、持ち帰ってよいぞ」

「これはまことに……恐縮至極」

もう一杯、酒が運ばれ、グインはそれも飲み干した。また喝采がわきおこる。

「これはなかなかに楽しげな一座だということがようわかった。——いまのところ、そのほうらの出し物はこの擬闘のみなのだな?」

「さようでございます、閣下」

マリウスはまだ奥にいるので、リギアがかわって頭をさげた。

「そのほうもなかなか、美人の上にみごとな剣技であった。そのほうにも杯をとらせよう。だがそれでは、その悪役が気の毒だな。どれ、小姓ども、二人にも、小杯をとらせよ」

伯爵はたいそういい機嫌のようであった。グインにあたえられた二つの銀杯よりは半分ほども小さかったものの、リギアとスイランにも杯をたまわったので、二人は面目をほどこして笑顔になり、運ばれた酒を飲み干した。

「有難うございます」

「これは、水神祭りの楽しみが増えた。――ふむ、ちょっと、わしも考えたことがある。それはまあ明日の楽しみということにしよう。このあとは、あの吟遊詩人マリウスの独り舞台なのだそうだな」

「さようでございます、閣下」

「なるほど。ではそのほうらは、とりあえず宿舎に戻り、ゆるりと休息するがよい。明日の午前中に、また召し出すこととなろうゆえ、それまでにゆっくり休息して、体力を調えることだ。――吟遊詩人の出し物はもう、その腕のほどはようわかっているが、まだ、歌をきいただけで、本人の最大の得意だという、豹頭王のサーガは聞いておらぬ。今宵はゆるりと語ってもらうつもりゆえ、彼が戻ってこずとも、気にせず先に休むがよいぞ」

多少意味ありげに、伯爵がにんまりと笑った。リギアは素知らぬ顔で丁寧に頭をさげた。

「有難うございます。かさねがさねの光栄なるおことば、まことにもって、一同の者、恐悦いたしております」

「明日、また擬闘を見せてもらおう。だが、そのときには、いま少し、芝居がかった趣向は不要だ。ま、それについては、またおって小姓より沙汰をさせる。ゆるりと休め。

ご苦労であった」

それは、退出の合図であった。

なんとなく、あっけなさすぎるようにも思いつつ、かれらはさかんな拍手をあびて奥に下がっていった。

「じゃ、今度はぼくにまかせて」

マリウスがにやりと自信たっぷりに笑って片手をあげ、グインの分厚い肩を叩く。もうすでに、伯爵の前で当たりをとっていることは確認済みであるだけに、まったく落ち着き払った、自信にみちた態度だ。

「お帰りなさい」

フロリーが、まつわりつくスーティを抱き上げながら心配そうにかけよってきて、グインからマントを受け取った。

「大丈夫でしたの？　ここからは人の頭で何も見えないものですから、無事に進んでいるかどうかわからなくてとても心配でしたわ。ときどき大きな歓声は聞こえるんですけれど、途中でとても静かになってしまったんですもの」

「大丈夫よ、フロリー」

リギアはにっと笑った。

「一応、大成功——なんだと思うわ。どういうふうに成功なのかわからないけれど、とにかく成功したのは間違いないと思うわ。銀杯ももらったし、お客の皆さんにもだいぶ喜んでいただいたようだもの」

4

その夜、マリウスは、とうとう、あてがわれた宿舎へは戻ってこなかった。

リギアもグインもあまり心配はしなかった――それはいつものことでもあったし、マリウスがそれでさらにタイス伯爵に気にいられるのだったら、それによってかれら自身も安泰になるかもしれないのだから、それほどに目くじらをたてる理由もなかったのだ。もっともリギアにしてみれば、本当の本音をいえば、パロの王子たるものが――とか、おのれのともに育った弟のようなディーンがこのようになって――とか、かなり文句をいいたい気分もあったかもしれないが、この場合は、あまりそういうことを口に出せる場合でもなければ、場所柄でもなかった。

それに、どうも、タイスに入って以来、基本的に町全体にいってみれば《ピンク色の靄》とでもいったものが立ちこめてでもいるかのようであった。まだ、タイスに入って、町なかを馬車で通り過ぎ、それから宮殿に入って、そして宴会の席上で芸を披露したばかりであったのだが、それでもなんとなく、この町全体を包んでいる空気、といったものが、よそとはまるきり違っていることは感じ取れる。

それは、食事を運んでくるただの小間使いの少女たちからさえも感じ取れるような、どことなくなまめいて、人なつこい——というか、ありていにいえば「人肌の恋しい」雰囲気であったし、それに、宮廷というよりも大きな女郎屋が、格式張ったふりをしているようだ、と感じさせてしまうような、内装の派手さ加減、宮廷の使用人たち、また宮臣たちの衣裳のあでやかさや露出過剰、態度の妙なやわらかさ、からも漂ってくる空気でもあった。

「素晴しい剣技でしたねえ！」

かれらを宿舎として用意されたもとの部屋まで案内してくれた小姓の少年も、なんとなく、色目を使う——といっては言い過ぎだが、妙になまめかしげな目でグインやスイランを見上げながら、ほほえみかけるのであった。べつだん、少年のほうには特に他意はなく、ただこの都のしきたりやならわしに無意識に従っているだけなのかもしれないが、それそのものが、やけに柔らかく、そして妙に色めかしく感じられてならぬ。それは、所詮は、ミロク教徒のフロリーは問題外としても、グインにせよリギアにせよ、武人である、ということなのかもしれなかった。少年は、いかにも憧れているような目つきで、グインの太い腕にちょっと触らせてくれ、と頼んだ。

「ほんとにすごい筋肉……こんなすごい筋肉を見たのははじめて。でも、こちらの悪役のかたもすごいんですねえ……」

うっとりとした目で見上げられて、スイランはかなり憮然としていた。「悪役のかた」が定着してしまったのにもいささか参ったらしい。

「あいつは、何なんだ？　あれがうわさにきく、タイスの色子ってやつか？」

「そうではないと思うわ。タイスの色子っていうのは化粧をして、もっと完全に女の格好をしているそうだから。あれはただ……あれはただ要するに、タイスの子供なんでしょう」

リギアは部屋に戻ってからの、スイランの当惑ぶりに苦笑したが、それで見たところでは、スイラン自身も、それほど決して柔らかいわけではなさそうだ、と感じ取って、むしろほっとしていた。リギアにしてみれば、タイスで水を得た魚のように生き生きしたりするのは、一座にひとりいればもう充分すぎるほどだったのだ。リギア自身も決してそんなに物堅い人間ではなかったにもかかわらず、このタイスの雰囲気のなかには、妙に、リギアを気難しくさせ、多少なりとも道徳的な、お説教のひとつもしたいような気分にさせてしまうものがあるようだった。

「ほんとに、ここは悪徳の都なんだわね」

リギアは、かれらだけになるとほっとしたように手をまわして、自分の肩をもみはじめた。

「なんだか、神経がたかぶってかなわないわ。――自分では、そんなことはないつもりだったけれど、私って、やはり、決してタイスの連中ほどには不道徳にはなれないんだわ。――といってもまだ、何がどう不道徳だという現場をみたというわけじゃあないんだけれど……」

「いや、でも、あの宴席だけでも充分に乱れていたよ」

スイランはぶつぶつ云った。

「俺は、どうもこうも目のやり場に困った。喝采をしてくれながらも、女の肩を抱き寄せていたり、なんというんだろうな――四六時中、いちゃいちゃしていなくてはいけないものなのかな、あの連中は。また、くっついている女どもや小僧どもの格好が格好だしな。――リナ姐さん、あんた、あの伯爵様の両脇にいた色子どもを見たかい？」

「見たわよ」

リギアはうんざりしたようすで云った。

「あの連中ときたら、下にぎりぎりに小さな申し訳ていどにしか隠せない足通しをつけているだけで、あとのものは全部透けていたじゃないの。あんたは舞台に出なくてよかったと思うわよ、フロリー。あんたが見たら、きっと、あまりの頽廃ぶりに、ミロクの怒りにふれてみんないかづちにうたれるのじゃないかと思って卒倒したかもしれないわ」

「そ、そんなだったんでしょうか……」

フロリーはどう反応したものか、めんくらいながらいった。

「わ、わたくしのいた、いちばんうしろのところからは、客席のすみずみまではとても見えませんでしたけれど……」

「それでいい幸いだったわよ。とうていあそこは、ミロク教徒がいて楽しいような場所じゃなかったわ。なんというのかしらね。淫風が吹きすさんでいる、とでもいうのかしら。ねえ、グンド」

「ウーム、それは俺にはわからんが、まあ、確かに全体になにやら桃色の靄がかかっているような都だ、ということだけは確かだな」

「こんなとこまで、招かれるままに来てしまったけれど、このままタイスで水神祭りを迎えるなんていうことになると、もっといろいろと……」

リギアは、本当は、このさきのかれらの行動について真剣に相談したかったのだが、かたわらにスイランがいるのをみて、口をつぐんだ。フロリーは別のことでひたすら心配そうであった。

「マリウスさまは……きょうは本当にお戻りにならないんでしょうか？　あちらで、まだずっと一晩もお歌いになっておられるんでしょうか？　お疲れにならないでしょうか……」

「そりゃまあ、疲れもするだろうけど、あのひとのことは、もう当分は心配してやることはないわよ、フロリー」

リギアはつけつけと云った。

「あのひとのほうが、私らよりもずっと、こういうところでは生き生きして、のびのびしているみたいだからね。——ともかく、あのひとのことはここでだけは、心配してやるとばかをみると思うわ」

「……………」

そういわれても、フロリーのほうには、よく何のことかわからなかったので、フロリーは心配そうに黙り込んでしまった。

かれらにあてがわれたのは、女性と子供のためにかなり大きな、二つの寝台とさまざまな設備もそろったひと部屋、それに男性三人のために、寝台が三つ入れてある部屋がひと部屋だったが、いずれもけっこう大きく、調度も立派で、おそらくこうした旅芸人たちがくるたびにその宿泊所として使われているのだろう。芸人たちに必要なような、大きな姿見だの、かなり大きな衣裳かけだの、それに舞台化粧をおとすための浴室だのが、男性のための室のほうにもそなえつけられていた。かれらはそれぞれに荷物を室にいれたものの、まだ夜もそれほど更けてはいなかったし、これからの身のふりかたについてもいろいろと心配であったので、広いほうの、男たちのための室にフロリーとスーティ、それにリギアもやってきていた。

「本当は、マリウスが戻ってきてから相談をしたいところだけれど、これからどうするか、私たちはいったいどういうことになるのかを、とにかくある程度でもいいから決めておかなくちゃあ、困ってしまうからね」

リギアが、いないマリウスのかわりに、まがりなりにも座長をつとめようかと言い出したところへ、かるく扉を叩く音がして、入ってきたのは、小姓――といってもかなり位が上らしく、年齢ももう青年を半分くらい通り越している、小姓がしらとでもいった感じのクム人であった。

「一座の者に、伯爵様よりのおことばを持ってきました」

年輩の小姓は云った。

「まず、本日の試演はなかなか結構であった。だが、伯爵閣下は、芝居がかった出し物よりも、むしろこの一座の擬闘の出演者たちの、本当の剣技の腕前のほうにたいへん興味をおもちになりました。――芝居の腕前のほうは、はっきりいって、あまり見ていて面白くもないので、芝居仕立てにすることは必要ない、とおっしゃっておいでです」

「……………」

いささか面目を失って、にわか役者たちは恥じ入って顔を見合わせた。だが、小姓の次のことばは、かれらを仰天させた。

「ということですので、明日には、もっと設備の整った武闘用の競技場で、伯爵様がご用意される、タイスの剣闘士たちとの模範試合を三者三様にご披露あるべし、というのが伯爵様の御希望であります。——ことに伯爵様は、豹頭王グインを演じたグンドどのの剣技に非常に興味をもたれ、いろいろとご下問もありたいので、明日また目通りにくるようにとのありがたいおおせであります」

「……………」

グインは、どう答えたものかといささか困惑しながら、丁重に頭をさげた。

「それから、明日の朝食がすんでから、夕方までは、皆さんはご自由に行動なさっていてかまいませんので、せっかくタイスにきたのであるから、タイスの町を堪能するように、そのためならば、伯爵様の馬車を使用して町にゆかれてもかまわぬし、また、案内係及び、皆さんの世話係として、二人の小姓をつけるゆえ、それらを自由に使ってくれてかまわぬ、ということでございます。——伯爵様はいたくこの一座の者の剣技がお気に召されたので、もしも一座の者が、そう望むのならば、お小姓組でも宮廷女官組でも、好きなものを今夜のお相手に選んでかまわぬ、とのありがたいおおせでございました。むろん、タイスの廓に出てあそぶのであれば、それも好きなようにしてかまわぬ、というおおせであります。ともかく、タイスにきたからには、タイスを堪能してほしい、そのためにも、宮殿にばかりこもっていたところでタイスの面白みはわからぬゆえ、明日はぜひともタイスを観光してほしい。そののちに、タイスの印象を伯爵閣下に語ってみてほしい。――また、そのほうらさえ望むならば、ぜひとも、旬日後に迫っているタイスの水神祭りまで滞在し、そこに花をそえてほしいものである、ともかくなるべくタイスでの滞在を、楽しんでくれるように――楽しむこと、それがタイスの住民の最大のおきてなのであるから、とのおおせでございました」

「そ――それはたいそうゆきとどいたおおせを頂戴いたしまして……」

リギアがかなり目を白黒させながら答えた。

「しかし、その……ええと……」

「明日は、タイスの町にゆかれますか。ともあれまずは、二人を選んで皆様のお世話係として何によらずお役にたてるようにと伯爵様からの御命令をうけまして、小姓組からみめうるわしく心きききたる者二名、選ばせていただきました。これ」

かるく、小姓頭が手をたたくと、扉をあけて入ってきたのは、黒いつややかな髪の毛を首のうしろでまとめ、三つ編みに長々とあんで垂らした、小姓のあの華やかなお仕着せを着た十六、七歳のなかなかの美少年二人であった。ひとりは、とてもはしっこそうな顔をしていて、もうひとりはやや小柄だったが、とても可愛らしかった。

「御挨拶を」

小姓頭がいうと、はしっこそうな背の高いほうが、かるく両手をかさねあわせてクムふうの挨拶をした。

「わたくしは小姓組月組白の班のキム・ヨンでございます。キムとお呼び下さいませ、お客人がた」

「わたくしは小姓組星組青の班のマイ・ラン・エンと申します。マイとでも、マイ・ランとでもお好きなようにお呼び下さいませ」

「わたくしどもは、御滞在中、一座のかたがた皆様のお世話をするよう、伯爵閣下からお申し付けをうけました。なんでも、ご遠慮なく、お使い下さい。もちろん、夜の御用もうけたまわることになっております」

「わたくしどもではお好みが違うということでございましたら、のちほど、女官組と小姓組のものたちのたまりにいって、お好きなものをお選び下さってもよろしゅうございます。――閣下のお心にかなったお客人のおもてなしに、御滞在のあいだの妻なり愛人なりの役目をはたす者をおつけするのは、タイスの仕来りでございますので、どうぞ、ご遠慮なく。――むろん、どちらかひとりがどちらかさまの専属になってもよろしゅうございますし、交代のほうがよろしければそれでも結構でございます。――女性がたのほうにつきましては、御希望しだいでうかがわせていただきますが……」

「そ、その心配はいらないわ」

あわててリギアが叫んだ。

「このひとはまだこんな小さい子のいるお母さんだし、おまけにミロク教徒だからね。あたしはその、ええと、あの、ええ……おおそうだ、あたしは、そのう、ちょっと願をかけて禁欲中だから、その御心配はいらないのよ」

「さようでございますか」

キム・ヨンもマイ・ランもべつだん、何か驚いたようすもみせなかった。

「もし、女性のほうがよろしければ女官のものをさしむけますが。まだあと二人、人数分までは、皆様はおすきな者を世話係に選ばれることができますので。とりあえず、まずは私どもがうかがって、タイスのしきたりやもろもろの慣習についてお教えし、また、タイスでの滞在を楽しんでいただけるようになんでもお仕えするように、ということでございます」

「それはとても有難いが……」

グインはうなるような声をだした。

「今夜のところは、たいへん疲れているので、我々はもうこのまま早めにやすみたいところだ。あまりそれ以外に体力を使う気にはなれぬようだ。せっかくの好意を、申し訳ないがな」

「それでは、お背中やおみあしをお揉みいたしましょうか。私どもはみな、専門的に学んでおりますので、たいへんマッサージが巧うございますが」

「いや、それも……スイランが頼むなら、してもらったらよい」

「い、いや、俺もいいよ。そんなに肩は凝っていない」

なんとなく、スイランもひるんでいるようであった。

いささか、押し問答気味にはなったが、ともあれ、それでは明日の朝に迎えにきてもらって、朝食などの面倒をみてもらうことからはじめることにしよう、ということで、やっとのことで、グインたちは、二人の小姓に今夜はひきとってもらうことができた。

小姓たちは、べつだん傷ついたようすでもなかった。

「それでは明朝、うかがって御用をつとめさせていただきますが、今夜ももし、お気持がかわられたり、何か御用がございましたら、こちらの鈴をお鳴らし下さい。これはひもがついてそのまま小姓部屋に通じておりますので、これを鳴らしていただきますと、小姓部屋のほうでも鈴が鳴ることになっております。そうしましたら、真夜中でも、明け方でも、すぐにうかがって御用をつとめさせていただきます」

「それはかたじけない。だがいまのところは、ちょっと、明日からの芝居の稽古だの——その、筋書きの変更だのと、いろいろすることがある。われわれだけにしておいてもらえると一番有難いな」

「さようでございますか。それでは、旦那様がた、本日はお休みなさいませ。ごゆっくり、お休み下さい」

冗談のように丁寧に、というよりもほとんど、可愛らしい小姓人形ででもあるかのように、キム・ヨンとマイ・ランが頭を下げた。

二人が出て行くのを見送って小姓頭は苦笑した。

「これは名乗るのが遅れて申し訳ありませんでしたが、わたくしは小姓組月組の組頭のダン・ロンファと申しますが、かれら二人はタイス宮廷の誇る四組の小姓組のなかでも、ぴかいちの美童だとうわさも高いのですよ。このようにお命じになった、ということは、いかに、伯爵閣下が皆様のことをお気に召されたか、ということではないかと存じます。明日はお元気になられましたら、ぜひ、あのかれらを存分に使ってやって下さいませ。小姓組の者達にとっては、そうやって、客人のお役に、ひいては伯爵様のお役にたつことこそが、生き甲斐なのでございますから。——タイスの法律ならぬ法律のなかに、楽しめ、そして楽しませよ、というのがございます。ひとを思いきり楽しませる者だけが、自分も楽しむ資格がある、というのがわれわれタイスの者たちの考え方なのです」

「それは……なかなか素晴しい考えかたかもしれんな」

グインは途方にくれたように云った。

「では、本当に我々は明日の相談があるので……我々だけにしていただいてもかまわぬだろうか、ロンファどの？」

「もちろんです。それでは、明朝のお食事の時間は、おきまりになったら、呼び鈴を鳴らしてマイたちにお伝え下さい。このあとは、かれらが直接に皆様のお世話をさせていただきますから。そして、明日はぜひともタイスの観光にゆかれて下さい。それが、閣下のお望みでもあり、ご命令でもありますから。閣下はこの美しい古い都を先祖代々支配しておられます。たいそう、このタイスを自慢にしておられますので、お気に召した芸人のものたちには、いつも、タイスを観光してくるようにとお命じになるのです」

「なるほど……」

「行かせていただきます。私たちも、タイスの町並みは、くるときにちょっと馬車の窓から見ただけですので……」

「そのほうがよろしゅうございます」

ダン・ロンファはにっと笑った。

「皆様はたいへんご運がいいのですから、タイスの名高い芸神廟に参られて、いっそうの幸運を祈られるべきです。皆様の前に、前座をつとめたラミアからきた芸人は、皆様よりはずっと運がよろしくなかったですからねえ。——歌の娘がおどおどしていて、何回も間違えるやら、間違えるたびに泣き出しそうになるやらして、せっかくの伯爵様の素晴しい晩餐会の興趣を著しくそいでしまわれたのです。伯爵様はしだいに御機嫌が悪くおなりになり、最初の二回までは、眉間に雷雲が走るだけでなんとか黙っておられましたが、とうとう三回目にその娘が間違えたとき、いつもの合図を出されました。その娘は、気の毒にそのまま堀割に放り込まれました。あの堀割には、実をいいますとね、巨大なワニ《ガヴィー》がたくさんいるのですよ。そのワニはいつも腹を減らしているのです。けっこう可愛い娘でしたのに、まだ若いのに勿体ないことをしました」

「げっ」

思わずスイランが悲鳴のような声をあげた。

「ワ、ワニに食われちまったのか、その娘はッ」

「さようですねえ、たぶんそういうことになったでしょう」

ダン・ロンファは平然と答えた。

「でも、場合によっては、伯爵さまおんみずから、首を切られるときもあれば、首切り役人に、堀割の上に首を突きだして切らせて、その生首をそのままワニ共が食べてしまうようにさせるときもおありになりますからね。——生きたまま投げ込んだのは、ひさかたぶりだったのじゃないでしょうか。あまりに態度がおどおどしていたので、きっとさぞかしお気に召さなかったのですね」

「わに？　なに？」

かなり退屈して、わけもわからずこちらの話に聞き耳をたてていたスーティが突然云った。ダン・ロンファは目を細めた。

「とても可愛らしい坊やですねえ。——坊やは、まだ、舞台へは出られないのですか。

タイスではもう、生まれたての赤ん坊でも売りに出されることもございますよ。このくらいの大きさになれば、立派に商品になります。もっとも、まだ、ごく限られたところでしか売れないでしょうけれども。とにかく、思わぬおしゃべりをして、皆様のお休みの邪魔をしてしまいました。それではお休みなさい。明日の闘技場でのご活躍を楽しみにいたしております」

「一寸、待って。その闘技場というのは、この宮殿の中にあるの？」

「いえ」

ダン・ロンファは首をふった。

「この紅鶴城のなかにあるのは、もっとずっと小さな、それこそごく私的に伯爵様がさまざまな闘技の見物を楽しまれるときに使用されるものだけですので――本来の闘技場は、タイスの市民たちにもみなに公開して喜ばせてやらねばなりませんので、タイスの北にそびえております丘陵のふもとに、たいへん立派なのが建っております。明日は、そちらにいっていただくことになると思いますね」

「なるほど……」

グインはしばらく何か考えていた。それから、小姓頭が退出しようとするのを、もう一度引き留めた。

「すまないが、夜のタイスへ遊びにゆくのも、好き勝手、という話であったように思うが？」

「はい、もしそのように御希望でしたら、馬車を使っていただいてよろしい、ただし廓の支払いまでは当然宮廷では持たぬゆえ、気を付けるようにということでございました。まあその、ときたま、タイスの廓では、俗にいわゆる《ふんだくり》と呼ばれているそういう店もございますからねえ。うかうかそのような店に入ってしまいますと、それこそ、えらい目にあいますですよ。このせっかくの興行で稼いだおあしを、一銭残らず吸い上げられてしまうようなかたも、しばしば見聞きいたします。それに、賭場もさかんでございますしねえ」

「そうか。では、すまぬが、俺はちょっと名だたる夜のタイスの町を探索してみたい。いや、なに、たいした金ももっておらぬので、探索するだけでもいいのだが、どうだろう、スイラン、お前、ついて来ぬか？」

「ええッ」

いきなり云われて、スイランも驚いたし、リギアもフロリーも驚いた。だが、スイランは、何を感じたのか、大きくうなづいた。

「もちろんだ。あんたがゆくなら願ってもねえや。俺もつれてってくれよ、グンドの兄貴」

「では、二人だ。すまぬが、二人を馬車で連れていってくれ。なに、ものの二、三ザンで戻ってくる。ちょっともう少しだけ、タイスの町の夜を眺めてみたいだけだからな」

第三話　ロイチョイの冒険

1

と、いうわけで——

グインとスイランとは、勇躍——というほどいそいそとしているわけでもなかったが、ともかく快楽の都タイスの夜を探索すべく、二人して宮殿を出ていったのであった。

突然のグインのことばに、フロリーはかなりおろおろしているようであったが、リギアがとめて、何も云わせなかった。リギアのほうはフロリーよりはこのような冒険にも馴れていたから、どうやらグインには何かこんたんがあるらしい、と見てとっていたのである。

ダン・ロンファがはじめに云ったとおり、かれらが夜の廓に遊びに出ることはまったく何もとがめだてられていなかったので、ただちに二人乗りの二頭立ての馬車が用意された。

「わたくしはちょっと御用がございますが、さきほどの少年たちのいずれかをでも、案内係におつけいたしましょうか？」

ロンファが聞いたが、グインは首をふった。

「それは必要ない。それ、なんとやらいうだろう——食事に出かけるときに、菓子を持参する者はいない、とかなんとか、どこかのことわざにあったのではなかったか？」

「おお、それはクムのことわざでございます。たいそうお詳しくていらっしゃいますね」

「本当にあるのか」

グインはあてずっぽでいい加減なことを云っただけだったので、そう答えられてむしろ多少びっくりしたが、なにくわぬ顔をしていた。それで、ダン・ロンファは、たぶんこの二人はけっこうそれなりに世慣れた遊び人である、とふんだらしかった。もう、誰か案内人をつけると言い出すかわりに、「これをお持ち下さい。タイスの地図と、それに中に、タイスでもっとも有名な三つの廓の中のかなり詳しい地図が出ております」と、いったん戻っていって持ってきた小冊子のようなものをくれた。

「もう、ご存知かもしれませんが、タイスでは、市の南側半分がほぼ全域、廓となっております。廓は三つの部分にわかれ、東の廓、南の廓、西の廓となっております。西の廓はオロイ湖の上に張り出した水上宮のような作りになっており、全体が大きなひとつの建物のようになっておりまして、東の廓はどちらかといえば下品な、あまり上等でない娼婦どもが小さな見世をたくさんつらねております。南の廓は娼妓もむろんおりますが、それよりも、ばくちや、もっとほかのさまざまな楽しみを商っております。西の廓と南の廓のちょうどまんなかあたりの一画が『サール通り』と通称され、このあたりは世界一大きな男娼窟として知られております。――西の廓は『ヌルルの神殿』とも呼ばれ、この建物にいったん入ればどんなお楽しみでも金次第でございます。――ただし、東の廓はもっとずっと、なんと申しますか物騒ですので、お気をつけ下さい。どちらにせよ。小さいものでも剣は持ってゆかれることをおすすめします。私どもタイスの市民も、廓のある一画、西と南と東と、全部あわせて、『快楽街』と呼ばれ――本当のもとの名前は『ロイチョイ』というのですが、このロイチョイ区にゆくときにはそれなりに気を付けます。――もっと安全にお遊びになりたければ、宮殿でせっかく伯爵様がお世話係につけて下さった小姓たちとお遊びになるのが一番ではないかと思いますが、そのかわりロイチョイにゆけばどんなものでも買うことができます。では、いってらっしゃいませ。お気をつけて」

この、ダン・ロンファの激励に送られて、グインとスイランとは用意された馬車に乗り込んだ。どちらも剣を帯び、そしてフードつきのマントをつけるのを忘れなかった。

ダン・ロンファは馬車を用意した通用口までついてきてくれ、御者に、「ロイチョイだ」と命じた。

「それから、お待ち合わせの場所をきめて、必ずお帰りまで待っていて差し上げて、無事にまた宮殿までお送りしてくるように。お二人とも、伯爵閣下が明日の出し物をとても楽しみにしておられる、紅鶴城の賓客だ。何かあったら、お前にもお叱りが及ぶぞ。それを思って、しっかりとお守りするのだ。いいな」

「へい」

御者は、おどかされて、すみやかに馬車を出した。かつかつと石畳をふんで走りだした馬車のなかで、二人きりになるなり、スイランはそっと囁いた。

「グンドの兄貴、あんた、本当にあそぶ気なのか？　それとも、なんか、偵察しようってのか。……いきなり、夜のタイスが見たいなんて言い出したのは……なんか、こんたんがあるんだろう？」

「まあ、ないわけではない」

馬車の動揺に身をまかせながら、グインは、その話し声が御者席の御者に聞こえぬかと気にするようだったが、大丈夫そうだと見極めると、低い声で云った。

「スイラン。もうちょっと、こっちに寄れ」

「あいよ。――な、なんだよ、まさか、あのきれいながきどもじゃなくて、俺みたいのが好みだなんていうんじゃねえだろうな」

スイランは軽口のつもりでいったが、グインのトパーズ色の目で冷たく見られて、すごすごと降参した。

「悪かったよ、悪かったよ。いいじゃねえかよ、ちょっと軽口を叩いたくらい。あんまりこの都の連中がみんな色々してるもんだから、ちょっとつい、こっちまで頭がおかしくなってくらあって話だよ。で、どうなんだよ、本当のところは」

「俺は、いまになって云うのも何だが、迎えにこられて、そのまま行うかどうかとタイスにやってきたのはかなり迂闊だったのではないかと思っているところだ」

グインは低く云った。

「といったところで、あのように大勢の騎士団を差し向けられてしまっていたのだからな。あれで、あの場で、いや、タイスにはゆく気はないと断ってしまっても――それはそれで、かなり角が立って、場合によっては、あの場でそれこそ流血騒ぎにはならぬまでも、相当にもめごとがおきたかもしれぬ。そう思うと、まあ、こうなったのもしかたのないなりゆきというものだがな。ただ、俺はどうも、あのタイス伯爵というのが気に懸かるのだ」

「そりゃ、そうだろう。俺だって、かかるよ」

スイランは同意した。

「ひと目見りゃあ、あいつがなかなかの厄介をもたらしそうだってことは、一目瞭然じゃねえか？　そうだろう、兄貴」

「ああ、まあな。俺はまずあの、歌い手の娘を生きながらワニのいる堀に放り込んだというのが、かなりかちんときた。それだけでも、相当とてつもない暴君だし、非道な仕打ちだという気がするのだが、ほかにもいろいろと、とても親切にしてくれているようでいて、どうもあやしいところがある。——あの御親切にも小姓をひとりひとりにつけてくれるだの、まあ、それのどこまでがタイスの本来の快楽主義のしきたりで、どこからが当代の伯爵様の独創なのかは知らぬが、相当にけんのんな匂いがすることは確かだ。俺は、あまり確かめる気にもならなかったが、あの伯爵に気にいられて、無事に——」

「え？」

「つまり、無事に、タイスを出ていったことのある芸人一座というのは、どのくらいあるのだろうか、ということだな。——むろん、どこかに本拠地だの、次の勧進元だのがあって、そこが招んでくれる、とでもいうのだったら、それはそれなのだろうが」

「おい、兄貴。よしてくれよ、物騒だな」

「俺は、かなりこれは物騒なところにきてしまったものだ、と思っているのだ。ここに来てみてな」

「げッ」

スイランは低い声でいった。

「冗談だろう。いったい、どんな災難に巻き込まれようとしてると思ってるんだい、俺たちが——兄貴は」

「もし運悪く伯爵のお気に召してしまえば——あるいは、タイスから出られなくなる、というようなことがあるのではないか、と俺は思っているところだ」

さらに、グインの声は低くなった。スイランの目が丸くなった。

「何だって」

「ことにマリウスが気に懸かる。まあ、マリウス当人は……ああいう男だから、もし万一、タイス伯爵のお手がついて、お気にいられてそこで一生をすごす、などということになっても、それでもいいと思うかもしれんが、それでは困る事情もこっちにもあってな。——それに、もし万一にも、他のものが伯爵だの、それ以外のタイスの偉いさんの《お気に召して》しまっても、我々は困る。俺もリナもフロリーも、そのような売色の副業はまったく経験もないし、向いてもおらぬし、そうする気もない。だが、どうあっても受け入れよ、といわれたら、それこそ……」

「ま、逃げ出すしかねえわな」

スイランは云った。

「なるほどな、それで、あんた、逃げ道というか——ちょっと、タイスの地理だの、もろもろを知っておきたいとそう思っているわけなんだな」

たいた。

「随分、察しがいいな。スイラン」

グインが云って、じっとスイランを見つめた。スイランはおどけたように目をしばだ
たいた。

「そりゃ、誰だってそう思うだろう。そうなんだろう？」

「まあ、そうだ」

グインは認めた。

「俺達は宮殿からさしまわしの一隊に迎えられて船にのり、オロイ湖を横断して、タイスに上陸した。そのまま、船つき場からやはり宮殿さしまわしの馬車であの紅鶴城という宮殿に連れてゆかれ、そのなかにひきこまれただけだ。タイスの街がどのようになっているのかも、その地理がどういうことになっているのかも知らん。また、そもそも、街を出ようと思ったらどこからどう出てゆけるのかさえわからん。といって――宮殿にいるかぎり、たとえ明日観光に連れていってくれるなどとはいったところで、それは所詮お仕着せだ。たぶん、また、あの小姓頭かそれとも小姓どもが見張り代わりにくっついてきて、ゆきたいところへもむろん行けず、あちらのいうなりに引き回され、また連れ戻されるというだけの話だろう。――それでは、何日ここにいようと、まったくタイスの実状などわかるわけもない」

「確かにな」

「お前がまあ、場合によっては一生タイスで芸人をしていてもいい、と思うようだったら、それはそれでかまわんが、そのかわり、我々の邪魔をしてもらっては困る。――そしてもし、お前がずっとタイスに骨を埋めるという気にはどうもなれない、やはりいざとなったらたとえタイス伯爵にそむき、タイス騎士団に追いかけられる危険をおかしてでもタイスから逃れなくてはならぬ、と思うようだったら、いま、俺に協力してくれることだ。とにかく、逃げ道を確保しておかねば安心できぬ、というのは、どうやら俺のもともとの性分のようでな」

「それはとても賢い性分だと思うがね」

スイランは云った。

「むろん、俺も、タイスに骨を埋める気なんかまったくないさ。というか、俺はそもそも、なんか面白いことがはじまりそうだというんで、あんたらにくっついてきたんだからな。――べつだんもともと芸人希望なわけでもなけりゃ、タイスが好きでいっぺんは来たいと望んでたわけでもなんでもねえんだ」

「だが、それじゃ、どうして、まだ一緒についてこようと思うのだ、スイラン?」

グインがちょっと光る目でじっとスイランを見つめた。馬車のなかで、スイランはあわてたようにそのグインの目から、目をそらした。

「どうしてって、そりゃだから――あんたらと一緒にいれば、いろいろと、面白えことがありそうだと思ったからだよ。それだけだよ。そのほかに、べつだんわけもねえさ」

「こうなるとどうやら、面白いことというよりは、たいへんなことや難儀のほうが多くなりそうだぞ、この先は。それでも、いいのか？」

「ああ、いいよ、兄貴。というより、いまとなっちゃもう、どうにもしょうがねえじゃねえか？　乗りかかった船ってこともあるし、第一、いま俺がいなくなったら、一座だって成り立たねえだろ？——ま、そりゃ、伯爵閣下は俺たちの下手な芝居よりゃ、あんたの戦いぶりのほうが見たいのかもしれねえし、俺あたりなんかは本当はお呼びじゃあねえのかもしれないけど、いまはそうでも……もし、これでまた、タイスをうまく逃げ出していつものとおりの一座を組むことになったら、やっぱり、俺がいたほうがいいだろ？」

「……」

グインは光る目で、じっと、言いつのるスイランを見つめていた。

「そ、それにさ。やっぱり、もしタイスをなんとかフケなくちゃやばいってことになったとしてもさ。——やっぱり、俺がいたほうが役に立つと思うよ。あんなちっちゃな子連れじゃああるしさ、フロリーさんはものの役に立たねえし——戦いに関しちゃな。リナ姐御はそりゃ強いけどやっぱり女だろ。でもってマリウスさんはああだ。だから、もし、なんか腕立てってことになったら、あんたとリナ姐御だけじゃどうにもならねえだろ。守らなくちゃならねえ人数のほうが多くなっちまう。だから、そしたら、俺がいたほうがいいに決まってら、そうだろ？」

「だが、俺たちと一緒にいたために、酷い目にあうことになるかもしれんのだぞ。それでも構わないのか、スイラン」

「そ、そいつは困るけど、まだそうなると決まったわけじゃねえだろ。べつだんタイス伯爵にだって、引き留められると決まったわけじゃねえ。もしかしたら、べつだんなんもそんなこともなく、無事にご褒美をたくさんもらって帰らしてもらえるかもしれねえんだ。そうだろ？」

「それは、そうだ」

「だったら、それがはっきりするまでは俺だって、様子を見てたっていいと思うよ――これまでの分のわけまえだってもらってるわけじゃねえし……いや、そりゃ、俺が、食わせてさえくれりゃいいからって最初はいったよ。だけどもこれだけもうかってんだから、そりゃまあ、ちょっとは――だが、いや、そんなことよりさ」

スイランが困惑したようにいった。

「こんな言い方して、誤解されちゃあ困るけどさ――よそだったらともかく、ここはタイスだからさ。――でも、変な意味じゃねえよ。俺は、あんたが好きなんだよ、グンドの兄貴。あんたが気に入ったんだよ。でもって、あんたに興味があるんだ、だから、あんたのそばにいてえんだよ。だから、ほんとにそんな、タイスの桃色の靄が頭にのぼったなんて、そんな変なこと考えねえでくれよ？　俺あもともとルブリウスのけなんてからっきしねえんだからな。そうじゃなくて、俺はもともと、武術が好きでさ。あんたくらいすごい剣技は見たことがねえ。だからだよ、兄貴、だからもっと、あんたのことを知りたいと思うんだよ。あんたの戦いぶりを見てるとそりゃすげえ勉強になるし、あんたの擬闘を見てるだけで、あんたが本気で戦ったらいったいどういうことになるかって思う――あ、心配しねえでくれ」

あわてたようにスイランが手をあげた。

「絶対、そんなこたあ、タイス伯爵だのにゃ、云わねえからさ。あんたが、伯爵様に、気が弱くて人が殺せねえ、なんていってるの、聞いたけどさ。べつだん、それを否定する理由はねえから――あんたを危なくする気なんか毛頭ねえからさ。だが、俺はあんたと何回も擬闘とはいえ剣をまじえて戦ってる。それが一番、相手の本当がよくわかるもんだ。――あんたはとてつもねえ戦士だよ。ものすげえ剣士だ。この世にこんなやつがいたのかと腰を抜かすくらいすげえ剣士だ。……いったいどこでこんな剣技を覚えたのか――いや、それよりな、兄貴」

スイランの目があやしく光った。

「俺はいまだに忘れねえよ。――俺がちょっと本気出して打ち込んだときに、あんたが剣で受け止めて、さっと払って俺ののどもとで止めただろう。あのとき、俺ぁ、瞬間、あっ、本当に殺される、と思って、本気でちびりそうになっちまった。そのくらい、ものすげえ殺気だった――すげえとしか云いようのねえ殺気がこっちにやってきた。あんな殺気を持ってるやつが、あんたが伯爵にいったような、気が弱くて擬闘しかできねえ傭兵くずれのわきゃねえよな。――あんたは本当はすげえ戦士で、とてつもねえ剣士で、だがそのことを隠してる。だが、それについちゃ、俺はあんたの味方だよ、何ひとつ絶対に、誰にも――いまの一座の人にだっていうつもりはねえ。だって、俺はあんたの剣技に惚れちまったからな。俺は……」

ずるそうに、スイランの目が、下からうかがうようにグインを見つめた。

「あんたが――とてつもねえことを云うと思うだろうが――あんたが、豹頭王グインその人……ほんものの豹頭王だとしたって、ちっとも驚かねえよ。というか――そうなんじゃねえのか、い、いや、い、いや……」

「馬鹿な」

グインはうすく笑った。

「そんな馬鹿なことがあるかどうか、ちょっと考えて見ればわかるだろう。第一本物の豹頭王がこんなところで、何をしてると思うんだ？」

「そうだよな」

スイランはずるそうに笑い出した。

「まったく、そのとおりだ。俺もどうかしてるよ。――だが、あんたが、あんまりすげえから、時として、こいつ、本当に《そう》なんじゃねえのか、っていう気がしてならなくなっちまうんだ」

「もしそうなら、こんなに苦労などしていないで、とっととケイロニアに戻って軍隊でも率いてるだろうさ」

グインは云った。

「まあ、そこまでだまされてくれるのなら、本当に魔道師ギルには感謝しなくてはならんということだが、一方では、いよいよ早く必要なだけの金をかせいで、この魔道をといてもらわねばならんということだな。それほど本物に見えるのなら、放っておくといろいろとやっかいごとにまきこまれてしまいかねん。本物と間違えられてな」

「まったくだ」

「だが、お前も……」

グインはゆっくりと光るトパーズ色の目でスイランを見つめた。

「ずいぶんと世慣れているな。それに、度胸が据わっている。――おそろしく、度胸がいい。それに、頭もいい。……たいしたものだ」

「ええッ、そ、そんな。あんたみたいな人にそんなに褒められたら、おらあ舞い上がっちまうよ」

「擬闘とはいえ剣をまじえたからわかることもある——お前はそういった。それは、こちらからも同じことだ。お前の剣筋は、そんじょそこらの傭兵のものなどじゃない。そんなことはあり得ん。——大胆不敵だし、その上に——俺にはたいした基本などわからんが、その俺にさえわかる——とても基本がきっちりと入っているな。それに……」

「……………」

「ときどき思うのだが——お前、中原の人間じゃないな」

「なんだって」

とぼけたように、スイランは云った。

「なんで、そう思うんだ？」

「カンだな。それだけだ」

「中原の人間じゃねえとしたら、いったいどこの人間だと思うんだ？　ていうか、俺は確かに中原の生まれじゃねえよ。だが、そのあとあちこち転々として、もういまじゃどこがおのれの生まれ故郷といっていいのかもわからないくらいだ。そして、いま俺が中原に暮らしてるのだけはまったく間違いない。いまの俺は確かにまぎれもなく中原の人間だよ。生まれはどうあれ。それだけは確かなこった」

「ああ」

　グインは云った。

「そうだろうな」

「そうだろうなって……そりゃ、どういう意味だい、兄貴」

「そうだろうなと思ったから、そうだろうなと云ったのだ。まあいい。お前が酔狂にも、ずっと俺たちについていきたいというのならば、それはそれで——確かにお前がいてくれれば助かることのほうが多い。だがな、スイラン」

「………」

「俺はいくつか思っていることがある。——もしも、そのどれかが当たりだとしたら……」

「なんだよ」

　ぶきみそうにスイランは云った。

「そんな、どすのきいた声出して、そんなおっかねえ目で見ないでくれよ。怖いじゃねえか。小便をちびっちまうよ」

「もしそうなら、残念なことだ。俺は、けっこう、お前を気に入ってる。お前と擬闘してみてわかることがある、といっただろう。俺がお前をこのままずっと一緒にタイスまでつれてきたのはな、スイラン、お前が、基本的にはまっすぐな人間である、と剣をまじえて感じたからだ。お前の剣には、嘘もないし、よこしまなものもない。勇敢で、忠誠な人間のように俺には感じられる。そんなことは、これだけ剣をまじえておればいやでもわかるものだ。また、同時に、正直いって、よくぞここまで鍛えたものだと感心するほど、本当はお前はたいした戦士だと俺は知っている。これはほんの推測にすぎぬがな、スイラン——お前の剣は、傭兵のそれなどではありえない。きちんと基礎を学び、そしてたぶん、どこかちゃんとした騎士団のなかでも上のほうの使い手として指揮官から信頼されるような、そういう——なんといったらいいかな、下っぱの命令だけきいている兵隊の使い手ではなく、おのれもちゃんと何人かを指揮できるくらい兵法についても知識のあるような……」

「買いかぶりだよ」

スイランはつぶやいた。

「俺はそんなたいしたもんじゃねえ。俺はただのしがない傭兵だ。そしてあんたは、傭兵あがりのグンドなんだろ」

「ああ、そうだ。——ひとつだけいっておくが」

グインは静かに云った。

「スーティに危害を加えるな。——もし、お前が、あの子に何かしようとしたら、俺は、お前を切らねばならん。残念だがな。俺はお前を殺したくはない。だがスーティはいまとなっては俺はわが子のように可愛い。あいつを不幸にするものは、許しておかぬ」

「あんな可愛い子に危害を加えるやつなんて、人間じゃねえよ」

スイランは云った。

「そんなこと、出来るわけがねえだろう。俺だって、これだけ一緒に旅しただけで、すっかりあの子が好きになっちまったよ。なつこいし、はしこいし、とうていあの年と思えねえくらい、しっかりしてるしな。そうだろう？　ありゃあ、たいしたもんになるぜ。いまに、本当に大物になるだろうぜ。いまから、そうとしか思えねえ、そうだろ」

「ああ」

「あの子に危害を加えようなんてするやつは、俺だって切り倒すだろうよ」

スイランはつぶやくように云った。

「ああ、そうだとも。——あの子はたぶん、いまにとてつもねえ大物になって、そして……」

「着きましたよ」

御者の声がして、馬がいないて馬車が止まった。もう、そこは、タイスの廓町、ロイチョイだったのだ。

2

「それじゃ、この町はずれの馬つなぎの柱をめあてに戻ってきて下さいよ。自分はここで馬の面倒をみたりしながら、旦那がたの戻ってくるのをお待ちしてますから。必ず、宮殿まで無事にお連れするよう、ダン・ロンファ様に命じられてますからね」

御者に送り出されて、いよいよ、グインとスイランとは馬車をおり、タイスの中のタイスともいうべき遊廓の一帯へと足を踏み出したのだった。

その街はずれはみなそこでおそらく馬車をかえすのだろう。たいそう大きな木が二、三本立っており、そのまわりに何本もの馬つなぎの柱があった。そして、そこには大きな石碑のようなものがたっていた。それの上のほうは、かれらのきた街のほうを指さしている肌もあらわな女が彫刻されている。その女ののっている台には「馬返しの木」と大きく刻みこまれていた。

「このあたりは馬返し門といって、こっから先は馬も馬車も通ってはいけないことになってますから、全部歩いてゆくしかないんですよ、どんな偉いさんでもね。——だからもし、歩いていて道がわからなくなったら、歩いてるやつに『馬返しの木』はどこだ、と訪ねて下さい。そうしたら、ここに戻ってこられます」

御者が教えてくれた。確かにその木のまわりの柱にはたくさんの馬がつながれていて、それを世話したり、御者どうし話をしていたりする、あるじ待ちらしい御者たちがたくさんいる。それをあてこんだらしい飲み物や食べ物の屋台も出ている。

そのかたわらにたしかに大きな、妙にクムふうな派手な赤で龍を彫刻した門があり、それが「馬返し門」であるらしかった。グインとスイランはそれをくぐって、いよいよロイチョイの廓地帯へと足を踏み入れていった。

たちまち、かれらは注目の的になったことがわかった――もうかなり夜も遅くなっていたが、夜はまさにたけなわ、というころあいのようであった。

最初にオロイ湖を渡って、船つき場から、馬車で宮殿を目指していったときに、通り過ぎたとてもにぎやかな繁華街の通りがあったが、このロイチョイはそれをはるかに上回っていることがたちまちわかった。人出はあの繁華街とはまったく比較にもならなかったし、にぎわいも猥雑な活気も、その何倍ものものであった。

数え切れぬほどの男たち、女たちが、とても派手な格好をして、笑いさざめきながら、つれだって歩いていた。男どうしでこれから廓に繰り出そうという友人たちらしいものもいれば、酔っぱらった一団もいる。また、すでに相手を見つけたのか、一見して娼婦とわかる女と腕をからませて悦に入っている酔漢もいるし、たくましい男の腕にぶらさがって、こちらに色目をひそかに使ってくる男娼もいる。

とにかく、とてつもない数の群衆がいたが、その全員が、かれらが「馬返し門」から続いている広い石畳の通りに足を踏み入れたとたんに、まるでいっせいにふりむいて視線を集中しろ、という命令がどこかからきこえたとでもいうかのように、かれら二人――というか、ありていにいってグインの豹頭に、目をむけるのは、なかなかにおそるべき眺めであった。

もっとも、実のところ、それは異様なものを眺める目ではなかった。そうではなく、もっと、「よく知っているが実物を見るのははじめて」であるものを見る目で、あやぶんでいる目とは思われず、ひたすら感嘆したり、驚嘆したり、思いがけず見ることが出来てうれしがっているようすの目だったりした。たちまちあちこちからいっせいにおこったざわめきもそれを物語っていた。

「ちょっと、ご覧よ！　アレだよ、アレ！」

「あ、こんど宮殿にきて、伯爵様がたいそうお気に召したっていう、《豹頭王一座》だわね」

「あらやだ、本当に、本物そっくり！」

「ちょっと、何だって？　あの豹頭王みたいなやつはなんなの？」

「お前、まだ知らないのか。タリサとルーエでたいそうな当たりをとったという、《豹頭王と吟遊詩人》とかいう一座じゃないか」

「へえ、あの豹頭、それじゃ、作り物なの？　なんだかまるでほんものみたいによく出来ているじゃないの！」

「ああ、あれはどうやら、魔道師が作った魔道のまがいものらしいよ！」

「へえっ、それにしてもほんとによく出来てる！」

「ああ、本物としか思えんな」

「それより……なんて、すごい筋肉なんだろ。なんていうすごいからだなんだろう。うわあ、惚れてしまう」

「お前はでかい男が好きだからな……この好色な色子めが……」

「これから公演するの？　ねえ、これから公演するの？」

「聞いてみたらいいじゃないの。きっとチラシを持ってるわよ」

「そうか」

気付いて、グインはひそかにスイランにささやいた。

「チラシを持ってくるべきだったのかな。だが、このままだと、あの宮廷で公演するのにこういう一般市民たちにも見せることになるのかどうか、そのへんは俺たちにはどうもよくわからんな」

「わ、口をきいた」

「ほんとだ、しゃべってる」

「口が動いてるけど、ちゃんと普通に人間らしくしゃべれるのね」

「そりゃそうだろう、作り物の豹頭なんだから」

「すごい、本当の豹頭王って、あれよりもっとでっかいのかしら……」

タイスの人々の気質の特徴の一環にグインはすでに気付かされていた。

それは、「まったく声をしのばせようとしない、その必要があるとも思わない」らしいことであった。誰もが、グインの話をしているのに、グイン当人にきこえることなど、まったく気にもとめないようすで大声で喋っていた。

いっそ、そこまでおおっぴらにされれば、こちらも気持がいいくらいのものだった。

グインとスイランはもうあまり気にしないことにして、どんどん大通りに歩み入っていった。門を入るとその通りの両側に『ロイチョイ仲通り』と書かれた看板が立っていた。

ここはロイチョイ仲通り、というのであるらしい。

両側の店が全部開いていて、こうこうとあかりをつけているので、通りはたいそう明るく、そして、本当は馬車が三つならんですれちがえるくらい広かった。通りはすべて石畳が敷かれ、その両側には、あの港近くの繁華街と同じようにさまざまな店があったが、まだ、入ったばかりだからか、それほどたくさん娼家らしい特徴をみせているものはなく、普通の食べ物屋や物売りの店のほうが多いようだった。もっともそのあいまをぬうようにして、明らかに娼家らしい、真っ赤なちょうちんを軒先につるした家がちらほら見受けられた。そういう家の前には、牛太郎らしい男が客引きに出ていて、通りすぎるものたちに誰かれなしにチラシを渡したり、袖をつかんでひきとめたりしていた。

　グインたちはお上りさんよろしくきょろきょろしながら、この仲通りのなかに足を踏み入れていった。相変わらず人々は、グインたちを指さして大声で品定めするのをやめなかったが、もう、かれらはあまりそれを気にしないことにした。しても、はじまらなさそうだった。

　人々はお行儀悪く串焼きをほおばったり、串に刺した、切った果物をかじって汁をボタボタ地面にたらしたりしながら歩いていた。なかには、もっと公然といちゃついて、互いの腰に手をからませ、ちゅっちゅっと口を吸いあいながら歩いてゆく品の悪いのもいた。その腰に手をからませている女のほうは、すけすけの布をまきつけて、ほとんど半裸といっていい風体なのだから、なかなかに風紀の乱れたものがあったが、そんなことをいってたらもう、このあたりなど歩くことも出来なかったに違いない。

　確かにこのあたりは「快楽」を売り物にしている一郭なのだった。あちこちから、ものうげな、けだるい、煩悩をいやが上にもかきたてるような歌声や音楽のひびきが聞こえていたが、ひとつふたつならそれも情緒たっぷりだと感じられたに違いないが、あっちからもこっちからも、そちらの二階、こちらの路地の奥、などとそれぞれに違う歌や音楽が聞こえてくるとなると、これはまさしく騒音公害の域に達していた。それでも人々はそんなものはまったく気に留めるようすもなく、かえってそれらの音楽や歌声に負けないようにと、大声をはりあげて語り合っているのだった。

この通りに面した店々の一階はみな、一応まともな商売をしているようであったが、二階以上は、どうやらけっこうみんな娼家だの、それに類するものをいとなんでいるようだった。頭上から声をかけられてグィンがふりあおぐと、半裸どころか、ほとんどすっぱだかの女が乳首にだけ緑色の化粧をし、うすものをふわりとはおって、優雅に竹の皮の扇であおぎながらこちらにむかって、じゃらじゃらと金の腕輪や貴石の腕輪を何重にもつけた手をさしのべていた。

「豹頭王の芸人さん、あがっておいきよ」

「安くしといてやるよ。天国にゆかせてやるから、あがっておいで」

「一ザン、五分の一ランでどう」

「ちょっと、あんな病気もちのいうことなんか聞いちゃ駄目。こっちに上がっておいき。いい妓《こ》がいるから」

最初のうちこそ——「馬返し門」に入った最初の数分間こそ、非常な好奇の目で見られ、一瞬たじろいだりしてもいたものの、たちまちのうちに、この街そのものが、グィンの存在を受け入れ、馴れ、あたりまえのように飲み込んでしまったらしい――ということを、グインもスイランも感じとらぬわけにはゆかなかった。まだ、好奇の目は向けられ続けていたが、それはもう、あやしむ目ではなくて、正直いえばもっとえげつない値踏みの目であった。

(ほんとに立派な体格だこと)

(あのからだにみあったモノがついてるのかしら)

(だったら、あんた、ほっとけないわね、ナン・ネイ!)

(うるさいわね、大物好みはあんただって同じじゃないのよ、ニー・ニャン)

(ねえ、やってみたいわ)

(じゃ、誘いなさいよ)

「ただでもいいわよ」

あられもなく値踏みしあったあとには、直接的に誘う声が落ちてきた。

「ねえ、豹頭王さん、あたしだったら、ただでもいいわよ」

「よしなさいよ、そんな女、もうばばあなのよ」

「ちょっと、あんた、云ったわねぇ」

通りをへだてて、二階の女と二階の女が罵り合う派手な光景も、このへんでは、ちっとも珍しいことではないらしい。

「いやいやいや……」

スイランもさすがに仰天したように目をぱちくりしていた。それから、思わず気をのまれてしまったらしく、ちょろりと口走った。

「こりゃすげえや。チチアの廓なんか目じゃねえな」

「チチアだと」

グインが聞きとがめた。スイランは首をちぢめた。

「それはどこの廓だ？　俺にはよくわからんが」

「あう、いや、だから、ヴァラキアのだよ。俺はほら、あっちこっち、いってっから」

スイランは言い逃れた。グインはよこ目でスイランを眺めたが、それ以上追及しようとはしなかった。

「うわ、あれはなんだ……」

ほっとしたようにスイランが指さした。光明るい仲通りのつきあたりに、巨大な異様なものがうずくまっていた。いや、道はつきあたってしまったわけではなく、そこからまた左右と前につづいていたのだが、ちょっと広場のようになったその真ん中に、巨大な台座があり、その上に、異様なものが座っていたのだ。それは、おそろしく巨大な、乳房のある太った女のすがたともみえるカエル《ランダド》の石像であった。

緑に白が入り交じった玉《ギョク》の石で彫られた、首から上は蛙、首から下は太った女、という異様なその像は、だが厳密には人間の女というのでもなく、からだのほうもいかにもカエル然とうずくまっている。だがその胸には巨大な乳房が見えるのだ。そしてその、あばたが彫られたカエルの頭部には、ほんものの花冠がかぶされていた。白いにおいのつよいフェリアの花をつらねた花冠で、とても新鮮なのだろう、強烈なにおいを放っている。その台座の前には、蓮の花のような巨大な花が刻まれており、そして、その前には大きな香炉がすえられていて、そこから香煙がたちのぼっている。行き過ぎる者がびた銭をそのまわりにひょいと捧げてゆく。ときたま、それに近づいて頭をさげ、長い線香をその香炉にたてるものもいる。そのカエルの頭や尻をなでまわしてから通り過ぎてゆく女も多かった。

「ありゃあ、なんだ」

呆れたようにスイランが云った。

「クムじゃあ、カエルを信仰しているのかな。それとも、これはタイスの守り神なのか」

「さあ。とりあえず、このさきにゆくとさっきの地図で教えて貰ったそれぞれの廓地帯に入るようだな。そのまえに、ちょっと腹ごしらえでもせんか、スイラン」

「なあ、あんた、本気で廓に登楼する気なのかい、兄貴」

苦笑しながらスイランがいったが、グインはべつだん答えずに、そのへんを見回し、つかつかと、カエル女神の像の左手の道のとっぱなにあった一軒の屋台店に近寄っていった。

それは、もうもうと煙をあげながら串焼きをその場で焼いて商っている食い物屋で、肉だけでなく魚や貝類、それに野菜などもそこの店先で焼かれていた。奥には、椅子席があって、そこにかけて酒も飲めるようになっているようだ。グインがそこに入ってゆくと、すでに数人の酔客がなかで串焼きを頬張りながら飲んでいたが、またたちまち店のなかは評定と取沙汰でいっぱいになった。

「おおッ、あの豹頭王一座だ」

「よう、公演は、明日からなのかい」

「ああ、そのようだ」

「ルーエの評判がこっちにも届いてきたから、楽しみにしてたんだが、宮殿での反響はどうだったんだい」

「一応上々のようだ」

「こりゃあ、光栄だね、この店にきてもらって」

店のあるじが、てかてかに汚れ、おまけに油じみでもう元の色がわからないほどになっているエプロンで手をふきながらやってきて、注文をとった。

「この店にきたら、ヒツジと野菜の串焼きを食ってくれなきゃ駄目だよ。辛いたれもつ

いてて、そりゃあ酒がすすむからね」

「そうか、ではそいつを二本もらおう。他にも適当に二、三本焼いてくれ。それに、酒をもらおう」

「あいよ、はちみつ酒でいいね？　何かで割るかね。山の天然水か、炭酸水か、それとも麦酒か」

「麦酒ではちみつ酒を割るだと、そんなことをしたらおそろしく強くなってしまうだろうに」

「だからだよ。クムじゃあ、というよりかタイスじゃあ、あたりまえの飲み方だがね。これをあんまりやると胃をやられてひどいもんだよ。だが、そりゃ口当たりがいいのさ。一杯だけどうだね。じゃあ、お近づきのしるしに最初の一杯は店からおごるからさ」

「こりゃあすまんな」

「なんの、いい興行がありゃあ、タイスはどっと活気づくからねえ」

店の親爺は陽気であった。

「明日から、興行やるのかい」

「そのようだが、実は、せっかく持ってきた自慢の出し物は、伯爵様に、それは下手糞だからもういらんといわれてしまったのだ」

「へえッ、なんだって。そんなことをいわれて、よく、ワニの池に投げ込まれなかったもんだねえ。あの宮殿のワニ共は、下手糞な芸人を餌にしてそりゃあ太っているんだよ。もっとすごいやつまでも、芸人の死体を食ってるらしいけどさ」

「もっとすごいやつってのは何だ？」

「さあねえ、知らぬほうが平和ってものだよ。さあ、焼けるまでちょっとかかるから、これでもかじってておくれ。ただしいっぺんにがぶりとやるんじゃないよ。この緑のやつは、ヤクのなかでも一番辛い、ヤクヤクといってね。うっかり噛んでしまうとのどがやけただれるんだよ」

「随分、物騒なものを好むんだな」

「そりゃもう、刺激なくて何のタイスっ子だよ。――タイスじゃあ、このヤクヤクの大食い競争なんかがときたまあるけど、毎年死人が出るからね。はちみつ酒の麦酒割りは、ロイチョイ割りというんだがね、それの飲み比べでも死人が出るよ」

「大変なことだな。死んでしまっては快楽もへちまもないだろうに」

「それでも、つまらん刺激もない人生を送ってるんじゃあ、生きた心地だってしやしないからね」

親爺が汚いテーブルの上においたヤクヤクを、おそるおそる二人が眺めていると、奥で飲んでいた連中が、このようにして食べるのだと、一緒に運ばれてきた小皿のどろりとしたたれにヤクヤクの緑色の先端をひたし、そしてつまみあげて、ほんのちょっとだけかじる方法を教えてくれた。そのあと、ただちに甘ったるい酒を口に放り込むのだ。それでも口中はたちまち火をふいたようになった。

「こりゃあたいへんなものだ。こんなのを毎日食っていたら脳にきてしまいそうだ」

「ははははッ、だからタイスの連中はみんな脳天気の馬鹿なのさ」

「違いねえ」

「それで、下手糞だからいらないといわれて、どうなったんだい。それでもワニの餌にはならずにすんだようじゃないか」

「ああ、明日、闘技場で、武闘を見せろということになった。というか、つまり、われわれの芝居はお気に召さなかったが、武闘のほうは気に入っていただいたようだ」

「ああー、あんたらどっちもたいそう強そうだからねえ」

「闘技場というのは、市のどのへんにあるのだ？　まだまったく、タイスの地理がわからん」

「ああ、あんたその地図を持ってるんだろ。ひろげてごらんよ。——ほら、ここがオロイ湖。ここが船つき場、そうしてここが港通り。いろんな高級品を売ってるところさ。それから、こっからこうあがっていって、このあたりが宮殿さね、紅鶴城ってやつだ。そして、あんたがいまいるのがまたこの湖のほとりに降りてきて、このあたりがロイチョイ。西のくるわはオロイ湖の上に張り出した出島になっているんだよ。あんたがいまいるのはこのへんさ」

「ああ」

「でもって、この紅鶴城から、こう、廓の方向へ降りてくるだろう、ちょうどタイスのへそみたいな位置に、市立の大闘技場があるのさ。ほかにも小さな闘技場なら、あちこちにあるが、伯爵様が主宰なさるさまざまな競技はみなこの大闘技場で行われる。ときにはルーアンだの、もっとすごいときには外国から名だたる剣闘士だの、闘技士だのを呼び寄せて、それを呼び物にして大会をなさる。そのときには、もう、それをめぐって賭け屋が出て、そりゃあたいそうな騒ぎだぞ。もうすっかり年をくってしまったが、クムの誇る英雄、剣闘士ガンダルなどがまだときどきやってくるので、そのときにはもう、さしもの何万人も入る大闘技場も一杯になって、押すな押すなの人だかりになる。それでまた、ひいきの剣闘士をめぐって野次をとばすやら、賭けに負けたものが怒り出すやらで、年に一回水神祭りの呼び物のひとつとなっている水神に捧げる大闘技会のときなどはもう、必ず死人の出るような騒ぎになる」

「ヤクヤクの食い比べでも死人が出るし、酒の飲み比べでも死人が出るし、歌を間違えるとワニに食われるし」

グインは軽いようすで云った。

「どうもタイスというのはなかなか恐しいところのようだな。美と快楽の都だときいていたのだが」

「そりゃあ、そうだよ。だが、美も快楽も、どちらも死と滅びと恐怖や戦慄とこそ、となりあわせになっているものだよ、そうじゃあないのかい。おっと、焼けた焼けた。さ、熱いうちに食ってくれ。こいつには、こちらのあんまり辛すぎないヤク・ソースがよくあうよ」

「こりゃあうまそうだ」

スイランが相好を崩した。

「俺はこういう素朴な料理が大好きでな。さっそく御馳走になろう。あちちちち、おお、こりゃあいいヒッジだ」

「そりゃあもう、タイスで手に入るものは最高のものだけだ、というのがタイスの民の信条だからね。最高の快楽、最高の美食、最高の美酒、最高の美女、そして最高の戦慄と陶酔」

「そのさいごのものはなかなか物騒だな」

笑いながらグインは焼きたてのあつあつのヒッジの串焼きをほおばった。いわれたとおりに、辛いヤクをきざみこんだぴりっとするたれをつけると、いくらでも酒が進みそうであった。

「この次にはオロイ湖でとれる大きなイガイと、それからルーア貝を焼いてやろう。その次にタイス名物の生腸詰めを焼いて、これはモアの葉っぱでくるんで食べるんだよ。それに、魚なら、もうちょっとしたらオロイ湖でいくらでもとれる蝶々魚というきれいな白い細いやつが、最高にうまいんだがね。これは焼いたりしないでなまでおどり食いをするのが一番通とされてる。だが、いまはないから、そうさな、大きな草魚でも焼いてあげようかね」

「いや、そこまで食えるかどうか自信がないな」

「でかい図体をして何をいっていなさるね！　タイスでは、三歳の子どもでもそのくらいは食うよ。わしらはみんな快楽主義者なんだ。快楽のためなら死んでもいい、というのがタイスの信条でね」

「それはなかなか矛盾した信条に思えるな。ところで、あの、外の広場のあのものすごいカエル女の像は、あれはいったい何なのだ？」

「ありゃあ、女神ラングートだよ。カエル女などとおもてで云うんじゃないよ。あれでけっこう信仰を集めているんだから。ラングート女神はタイスの守り姫なのだ。そしておまけに、タイスを作りあげた当の本人であるともいわれている。わしらはみんなラングートの子孫なんだよ」

「ほう」

「地下水路には巨大なラングートの本当の子孫がまだひそんでいるとさえ云われている

のだがね。むろん、オロイ湖に通じていないやつだが。オロイ湖に通じていたらそのまま逃げていってしまうだろうからね。タイスの有名な地下水路の話だよ」

「それを、きかせてくれんかな」

グインは身をのりだして、テーブルの上に、一ターラン銅貨をぱちりとおいた。

3

「おお、そいつをわっしに？　そりゃあ、すまねえなあ」

おやじは、相好を崩して銅貨をすばやくさらいこんだ。長年、串焼きを焼いてきてすすけてしまったのだろう、真っ黒な爪さきで、すばやく一回銅貨をこねまわすようにしてから、腹掛けのかくしにしまいこむ。

「おっ、なんだなんだ、エン親爺のやつ、うめえことやってやがるな」

奥の席で、串焼きの肉を頬張りながら、はちみつ酒の麦酒割りを啜っていた、職人ふうの男が大声をあげた。エン親爺はそちらをむいて、にっと笑った。前歯が一本欠けて黒い穴ぼこのようになっている。

「地下水路の話が聞きたいのかね。それとも地下の水牢の話が聞きたいのかね。それともどっちもかね」

「水牢と水路は違うのか？」

「そりゃ違うさ。——タイスにはね、これは俗説っちゃ俗説だが、『地上のタイスと地下のタイス』がある、と云われているのだ」

「地上のタイスと地下のタイス」

グインはすばやくスイランと目と目をちらりと見交わした。スイランは素知らぬ顔をして、しきりと羊の串焼きをかじっている。

「そうさ。地上のタイスはこうしてここにひろがっている、ラングート女神が作られた快楽の都。だが、ラングート女神は、実はタイスの地下にも、広大な地下宮殿を造られた、といわれている。もちろんそれは伝説だよ。なにせ、クムという国が出来るよりもっとはるかな昔の伝説なんだからな。――だが、このタイスの地下に、広大な地下水路が縦横に走っているというのは、これは本当のことだ。ラングート女神が作った、というのは伝説でも、地下水路があるのは本当のことだ。それはもともと、このあたりが巨大な火山の名残りで、オロイ湖がもともとはおそろしく大きな火山が噴火し、そのあたり一帯が溶岩に押し流されて陥没したあとに出来た湖だからだ、というものもある。そうかもしれん。俺は知らんよ――そんな時代にゃ、俺はまだ生まれちゃいないからな。そうだろ？」

エン親爺は笑い声をあげた。そしてすばやく、串に刺した貝をひっくり返して、たれをぬりつけた。たちまちたれが炭火におちて、もうもうと煙があがり、あたりにうまそうな香りがたちこめる。

「その噴火した溶岩が地下にたくさんの穴をうがち、その上におおいかぶさった岩が天井となって――それからまた長い時間がたつあいだにその岩の上に土が流されて来、その土の上に植物が茂り、そうやってタイスの地下水路は何万年もの大昔から出来上がっていったとされている。――そして、その地下水路がぼこぼこと出来ている上にわれわれタイスの民の先祖はそんなこととはつゆ知らずにタイスの大昔の最初の小さな町を建てたんだとな。――その後、タイスはオロイ湖寄りの方向にどんどんひろがっていった。そしていまでは、一番最初にタイスが出来たときの、十倍もの広さになっている。だが、その地下水路はちゃんと存在している。最初に偶然その地下水路を見つけたのは、タイスの最初の支配者、タイスをクム大公から与えられた初代タイス伯爵のタイ・フォンで、彼はタイス伯爵の名誉ある称号にふさわしい宮殿を建てようとして、地下工事をさせていて、工事人どもの報告で、突然陥没事故が起きたことを知らされ、驚いて視察にいった――その伯爵の目のまえにひろがったのははてしない地下の暗がりで――伯爵が勇士をつのってそこを探検させたとき、はじめてこの、タイスの下にひろがる『もうひとつのタイス』が発見されることになったのだというな」

「ほう」

「最初は、伯爵は、ただ単にちょっとした地下の暗渠を発見したのだとしか思わなかった。だが、それの大きさを調べようとさせたとき、発見されたのは、その暗渠が、暗渠などという名前ではとうていきかぬような、とてつもない広さに拡がっている、しかも網の目のようにいりくんだ構造をもつ広大なものだ、ということだった。事実、それは、これまで中原のどこでも発見されたこともないくらい巨大な地下水路だった。伯爵は驚き、だが、その天井がなかなか堅牢な岩盤でできていて、その上に都市を建設してもべつだん何の痛痒もなさそうだということを知って、その上この地下水路にこだわることなく、調査隊を引き上げてしまった。そしてこの地下水路の上にタイスの街を建設した。水路はとても入り組んでいたが、まあひとつひとつは——部分的にはとても広くなっている場所もあるとはいいながら、基本的にはごく狭く細く、まあせいぜいが、けっこうな下水道が地下にすでにある、くらいのもので、べつだんグーバを通らせたり、そんなことのできるにはあまりにもでこぼこしていて細かったり、ある場所では天井が極端に低くなっていたりする、ということもわかったからだ。それの存在を無視することにして、タイスの街は建てられた。だが、当然、タイスの地下に広大な地下水路あり、という事実は、調査書に報告された。そして、十代の長さを経て、この調査書に目をつけたのが、第十代タイス伯爵、タイ・ゴワンだった。この男は恐しい権勢欲と、そして快楽主義者として有名で、その快楽主義も、たいへん呪われたものだった。彼は目をつけた男女を誰かれとわず宮殿へ拉致し、幽閉していうことをきかせ、云うことをきかなかったものを拷問にかけ、意にさからったものや、飽きてしまった愛人を——恐しいことだが、これはまあ伝説だからな——地下水路におとして閉じこめてしまった。地下水路をいわば天然の地下の水牢がわりに使ったってわけだ」

「なんと、恐しい話だな」

酒をすすりながらスイランが叫んだ。エン親爺はスイランを酒で赤くにごった目で見た。

「そうだよ。タイスの伝説は時として大変恐しく、むごい。だが、それがタイスだ、仕方ないじゃないか？　わしらはそのように生まれてきたのだ。快楽を旨とし、呪われた快楽の神ヌルルの信徒として生きるようにとだな。それについても、さまざまな伝説があって、なぜにタイスが快楽の都になったか、なぜにタイスの民が快楽の神の民となったかを伝えているが、あんたらの聞きたいのは地下水路の話なんだろう」

「ああ、まあな」

「タイ・ゴワン《拷問》伯爵は、自分の室の真下の床を掘らせてみたところ、そこにことのほか大きな、地下水路のひとつのひろがった洞窟があるのを発見したので、その周辺に鉄格子をたてさせ、そして、自室から、その下にむかって開く秘密のふたをつけさせた。そして、おのれの寝室で、意にそまぬようにふるまった愛人や、飽きてしまった相手は、そのふたをあけて、泣き叫ぶのをそこからその水牢に投げ落としてしまうのを常とするようになった。当然、何も食物もあたえられぬので、そのあわれな囚人は助けを求め、慈悲を請うて泣き叫ぶ。その声を足元から聞きながら、悦に入って《拷問》伯は次の愛人を寝台の上で犯していたのだというよ。そうして、しだいに絶え絶えになってくるその悲鳴や哀願を次の愛人にきかせ、おのれにさからうとお前もこのようになるのだとおどして、その怯えたようすをみて楽しんでいた。地下水路には、オロイ湖から流れ込むのか、オロイ湖へ流れ込む地下水なのかわからないが、つねに半分以上水が溜まっているという。その水につかったまま、食物もあたえられずに放置される気の毒な犠牲者は、水にふやけ、絶望して水に顔をつっこんで溺死するものもあれば、なんとか助かろうと狂ったようにもがくものもあり――鉄の柵につかまったままなんとかそこから向こうへ逃れ出ようとしたままの姿勢で死んで、地下水路に住むたくさんの魚や水棲の昆虫などに食われて、骨だけになってしまうものもあって、伯の寝室の下からは、ひっきりなしに異様なうめき声や悲鳴がきこえていたが、つねに水がきれいに洗い流してしまうので、臭気などはまるでなかったそうだ。――そうして、地下水路にすむ魚どもやえたいのしれぬ地下の住人たる小動物どもは、そうした死体をくらって肥え太った。――だが、さいごにはこの《拷問伯》も、以前に殺された女の幼い息子であった少年と、別の殺された男の恋人であった女との共謀によって、三人での寝室の遊戯にと誘い込まれ、この二人によって逆に地下の水牢に落とされてしまい――むろん助けをもとめたが、衛兵たちのなかにも、恋人を伯爵に殺されたものが多数いたために、伯爵に反感を持っていた衛兵や小姓たちが、みなで口裏をあわせて伯爵の失踪を内証にし、そのためにとうとう、伯爵はおのれの水牢のなかで狂死してしまった、という話だ。タイスとは、そのような都なのだよ」

「そりゃ、たいへんな話だな！」

呆れて、スイランは云った。

「なんというか、タイスでは、忠誠心もそれほど重くは見られてないってことだな。人のいのちもずいぶんと軽く扱われているようだが」

「ここはタイスだからな」

というのが、エン親爺の返答だった。

「まあ、そののちも、タイ・ゴワンの水牢は歴代の伯爵によって、いろいろと利用されたり、されなかったりしたという話だが、タイ・ゴワンの失敗と恐しいさいごに教訓を得て、あまり無法な使い方をする支配者はいなかったということだ。もっとも、そのかわりに、もともとは地下水路で偶然発見された白いワニ、ガヴィーなる肉食の怪物を、わざわざ育ててふやし、この地下水路の守護者、衛兵がわりにそこにたくさん放った伯爵はいたそうだがな。そのガヴィーの末裔が、いまもなお紅鶴城の堀割に住んで、というかそこで飼育されていて、いろいろとけしからぬうわさをきくが——まあ、べつだん伯爵の城館だけじゃないからな、そういう話があるのは。どんな娼館にも、でかいやつには必ず何かウラの秘密がある、ともいうしな。——それにしても、地下水路はそのようなわけで、タイスにとっては、いわば公然の裏の秘密となった。罪人や、殺人をおかしたりこのタイスでさえ許されぬような姦通をおかして、もう逃れられぬとなって、だがタイスのおきてにより、タイスを脱出することが出来ぬと知ったものたちが、絶望にかられてあちこちにある入口から地下水路にもぐりこみ、なんとかしてオロイ湖に抜けだしてタイスを脱出しようとした話というのがあとをたたぬ。だが、それは、ひとつとして成功したことはない、とされているな。なぜなら、地下水路には、白いガヴィーをはじめとして、たくさんのえたいのしれぬ水棲の住人がひそんでいて、そこでかれらなりの平和な日々をいとなんでいるそうだし、そしてまた、ラングート女神の末裔たる、不気味なカエルと人間のあいのこのようなラングート・テールなる怪物が、タイスの守り神として、地下水路を徘徊している、という伝説もある。ある伯爵たちはこの伝説を信じたり、それが真実であることを偶然知り得た、と称して、水神祭りのときに、一番美しい若い男女を地下水路にいれ、ラングート・テールに捧げて、タイスの繁栄と末永い平和を祈った、ともされている。もっともいまではこのような蛮行のかわりに、かたちばかりの人形《ひとがた》を作り上げててんでに地下水路に流して、それによってラングート・テールの心をやわらげる、ということがおこなわれているよ。それが、水神祭りの最高潮となるのだ。だが、とても不思議なのはな……」

「うむ……」

「たいそう不思議なことは、この、水神祭りのときに流した生贄の人形《ひとがた》というのは、どういうものか、オロイ湖畔のどこかで突然、何年もたってから発見されるかと思えば、翌日にルーアンで発見されたりする。このタイスの水神祭りのラングート・テールの生贄人形は、ある種の縁起物とされていて、それを手にいれた人間はただひとつの生涯最大の望みがかなうとされていて、みながそれを探して水神祭りのあとからしばらくは湖畔をさまよったり、湖水をあてもなくこぎまわったりする。だが、その人形は、どうやってどこを流れてどこに出てくるのかまったくわからない——それで、これは、タイスの地下水路のえたいのしれぬ構造のゆえとされていて、タイスの七不思議のひとつとされているのだ。わかったかね」

「ふむう……」

「もしかすると、地下水路は、オロイ湖の地下にさえ網の目をめぐらすようにひろがっていて、それがルーアンに通じたり、もっと南のほうにも通じているのではないか、というものもあるが、なにせ地下水路はあまりに広大なので、そのすべてを探検したことのあるものなどひとりもおらぬ。なにせ命がけなのだからな。ほんの一日、地下水路をさまよい歩くことさえ、つまるところはいのちにかかわることになる。あまりにも、迷路である上に、あやしい危険な生物たちがたくさん住んでいるからな。——だから、タイスの地下水路についてすべてを知っているものなどまったくない。それがすべてつながっているのかどうか、いやたぶん、それぞれにいくつかに独立していて、なかにはオロイ湖には流れこんでいないものもある、というものもある。また、いや、そうみえるが地下水路であるからには結局、長年のあいだに水によって穴がうがたれて、すべての水路はみなオロイ湖に流れ込んでいるのだ、というものもある。諸説ふんぷんだが、まあ、わしらは気にしないよ。その上に住んで、楽しくやっている分には、このわしらの足元に……」

親爺は自分の足でかるくとんとんと床をふみならしてみせた。

「どんな巨大な暗渠がひろがっていたところで、関係ないじゃないかね？　なかには心配性のやつがいて、大きな地震がきたらタイスはすべてその巨大な地下水路の暗渠のなかにくずれおちていってしまう、などという。なにせ、足元が空洞なわけだからな、そしてそこに人食いのガヴィーをはじめとする怪物がたくさん暮らしているわけなのだから、わしらはつねに、それこそ板の一枚下は地獄といわれる沿海州のことわざと同じような状態でいるということだ。――まあ、たぶん、そうやって、もしかしたら、地震ひとつくれば、あるいは地崩れひとつおきればいつなんどき恐しい足下の地獄にすべり落ちて恐しい死に方をするかわからぬ、という、この思いがつねにあることが、タイスの民を、究極の快楽主義者にしたのではないか、というものもたくさんいるね。まあ、わしは、もともと、あまりものごとをこまかく気にしない連中ばかりだったからこそ、そんなことにはいっこうにおかまいなしにタイスで暮らしていられるのではないか、と思うほうをとるがね。足元になにがあろうと、知ったことかい。——べつだん、いつ、頭の上から岩だの、神のいかづちだのがふってくるかも知れぬのだから、どこに暮らしていようと、足元に暗渠があろうと、同じことじゃないか？　だが、だからまあ、タイスには地下水路がある。そうして、それは、一度落とされたら、いまだかつて無事に脱出したものはいない。それだけは確かなことだね。そうして、そのなかのそこかしこが、タイスの支配者や、腹黒い娼館のおやじ、あるいはタイスのかげの黒幕ともいえるさまざまな悪徳の販売人の元締めたちによって、いろいろとうしろ暗く利用されているというのも確かなことだ」

「さまざまな悪徳の販売人か」

グインは考えこみながらいった。

「さぞかし、ここではどのような快楽も、金しだいなのだろうな」

「そりゃあもう、ことに、東の廓じゃあそうさ。西の廓は——幾人かの大きな妓楼主たちが、組合を作っていてね。西の廓そのものが大きなひとつの建物になっているので、無法を働く客だの、乗り逃げ、食い逃げをしようとする馬鹿者だの、乱暴を働く酔っぱらい、あるいは足抜けをしようとする女郎なんかには、こらしめのためにきびしい制裁を加えるかわりに、西の廓全体の秩序と安全を保ってくれる自警団組織を持っている。だが東の廓は私娼窟で、小さな娼家、妓楼がたくさん立ち並んでいる。本当に面白いのはそちらのほうだ、と、通のものはいうね。タイス通も、快楽の通のやつも口をそろえていうよ。小綺麗で清潔な西の廓より、何がその扉の奥で行われているかわからぬ、不潔で小昏い東の廓のなかのほうが、ずっと面白い、とだね。もっともそのかわり、入ったら二度と出てはこられぬ可能性も多いわけだが。うかうかとちょっと綺麗な坊やだのが遊びに登楼しようものなら、登楼したつもりが、いつのまにかあの有名なタイスの麻薬、緑阿片をかがされて、気が付いてみたら足を鎖でつながれ、自分のほうが永久に客をとらされるいけにえの人肉にされてしまっている、というたぐいの話もあとをたたない。ま、このへんに不慣れなら、西の廓で遊ぶことだよ。まああんたらなら……」

エン親爺はずるそうにグインとスイランを見比べた。

「東の廓で、登楼《あが》ったつもりが、気が付いたら縛りつけられて犯され、客をとらされるはめになり、それきり阿片で頭をおかしくされて娼館の囚人にされている、などということはまずおこらないと思っていいだろうがね。――もっとも、あんたらなら、二人とも、この仲通りからちょっと左に曲がっていったさきの、『サール通り』には気を付けることだね。ここは、ルブリウスの快楽専門の廓街でね。あんたらは二人ともなかなかたくましいし、ことにこっちのあんたはめったにないほど立派な体格をしているから、サール通りにいったらたいへんにもてるだろうが、そのかわり、あそこでそうやってさらわれてしまうのは、なにも柳腰の美童だけとは限らないからね。逆に、柳腰の——美童という年じゃなくても、抱かれたくてたくましい男を探しにサール通りにやってくる客だって、たくさんいるんだから」

「げーっ」

スイランがわめいた。

「俺は、まっぴらごめんだ。俺はルブリウスのほうにはとんと馴染みがねえんだ。俺はお馴染みの可愛い女の子の快楽のほうがいい」

「もちろん、そいつがタイスのおもて商売だからね」

ふっと笑ってエン親爺がいった。

「さあ、貝がやっと焼けたから、いまのうちに、熱いうちに食いな。こいつだけは、熱くないとうんと味が落ちるんだ。その、木の筒に入っているのは、ヤクだの、乾燥させたカンの実の粉末だのをいろいろ七種類もまぜこんで作った『ポイポイ』という辛い風味づけの粉だ。こいつをかけて食うと、いちだんと貝の串焼きの味わいが深くなるよ。さ、じゃ、銅貨はちょっと貰いすぎだから、この一杯もエン親爺からのおごりにしてやろう」

「えらく、気前がいいな、親爺」

グインがうすく笑って云った。エン親爺は肩をすくめた。

「タイスの者は基本的にとてもきっぷがいいのだよ。奢って、奢られて。いい思いをさせてやって、いい思いをさせてもらう、というのが、タイスの民のやりかただからね。一緒に気持よくなろう、というのがね。むろんそうでない快楽もたくさんあるよ。逆に、そうでない快楽が――快楽でないやつもな、あんまりたくさんあるからこそ、そうやってみんな、日頃は仲良くしあっていようと思うのだとわしは思うね。いつなんどき、地底火山が爆発して、タイスそのものが地下水路のなかに崩れ落ちてみんな死んでしまうか、わからんじゃないかね？　だったら、そんなことにならぬうちに楽しんでおくほうが、どれだけか賢いというものだよ！」

「なるほどな。で、その地下水路というのは、あちこちからもぐれるのか」

「興味があるのかい、豹頭王さん。だが、そいつはあんまり知りたがらないことだね。代々のタイスの支配者は、地下水路をいろいろと活用して、いろいろなふうにタイスをおさめている。まあ、むろんそんなものにはまったく興味のなかったものもいるがね。だが、いまのタイス伯爵タイ・ソン閣下は、少なくとも、地下水路より、堀割のガヴィーのほうをお好みだよ。どうしてかわかるかね。地下水路だの、水牢だのには、幽閉しておくのにはいいけれども、拷問したり処刑したりするのにはそれはむかない。なぜならば、水牢に落としてしまえば、もうその苦しむ姿は見られない。声くらいしか聞けないことになるわけで、だったら、堀割のガヴィーのところに落として、ガヴィーがぶきみなばりばりという音をたてて生きながらいけにえをむさぼりくらうのを見るほうがよっぽど刺激的ではないか、というのが、タイ・ソン閣下のお考えなのだ。今年の水神祭りはどういうことになるだろうね！　一説によると――うわさにすぎぬかもしれんが、ラングート・テールに捧げるいけにえを生きた人間にしてやろうかというような計画もあるというよ。それというのも……ま、よそう。あんまりべらべらしゃべると」

「これでどうだ」

グインが、ひょいともう一つ、ターラン銅貨をおいたので、親爺は目を丸くした。

「こりゃあまた。――そうかい、そりゃあすまないねえ。じゃあ、あれだが、ここから先はちょっと、他のものにきこえるとまずいんでね。ちょっと待っていておくれよ。これが焼けてしまってから、ちょっとあんたらだけに教えてやるからね」

「む……」

グインたちは、顔をみあわせ、そして串焼きを頰張り、甘くて舌を刺す刺激のある酒を飲みながら待っていた。

やがて、注文された串焼きをみんな焼いてしまうと、それをそれぞれのテーブルに運び、おやじは汚い前掛けで汗をぬぐいながら、グインたちのテーブルについた。串焼きを焼きながらでは、誰にでも――往来のものたちにまで聞こえるような大声でしゃべらなくてはならぬのをはばかったのだろう。

「あんまり、大声ではいえない話だから、もうちょっと、頭をこっちによせとくれ」

エン親爺は囁いた。そして、さいごの串焼きを二人のテーブルにおくふりをしてひそひそといった。

「実は、今度の水神祭りは、タイ・ソン伯爵にとって、とても画期的な――というか、運命の分かれ道になるかもしれぬという話があるのだ。クムのタリク大公はまだ妻をめとっておられぬ。たいそうな遊び人で、ひんぴんとタイスにもお忍びで遊びにきては、さんざんな遊びをして帰られる。ルブリウスの者なのだというううわさもある。だが、どうあってもいずれは、クム大公であるからにはめとらねばならぬ。――ところが、タイ・ソン伯爵の上の姫君、アン・シア・リン姫は今年芳紀十八歳、まさにちょうど嫁にゆきごろだ。タイ・ソン伯爵は、アン・シア・リン姫を、タリク大公の大公妃にしたい、と望んでいるのだというもっぱらのうわさだよ。だが、タリク大公の側近、最近に隠居したアン・ダン・ファンにかわって宰相となったまだ若いエン・シアン宰相だの、切れ者だとうわさの高い外交官、ホー・トイ卿だのの、タリク大公の若い腹心たちは、べつだんいまさらタイス伯爵とのあいだの絆を固めることはないと考えている――というんだな。でもって、かれらは、とんでもない野望をもっている……」

「ほう――というと?」

「あんた、本当にこの先を聞きたいのか。あんまり、ただの芸人ふぜいが、中原の政治情勢なんぞに詳しくならんほうが身のためだぞ」

「もう一ターラン欲しいか」

かすかにグインが笑った。

「何分我々もタイスにきたばかりでな。どう動けば安全なのか、何が危険なのかまったくわからぬので、それこそ薄氷をふむ思いなのだ。教えてくれれば、恩に着るぞ。それこそ、こんな情報のゆきかう場所にある居酒屋なら、あれやこれやと小耳にはさむことがさぞ多いのだろう」

4

「そりゃあ――」

エン親爺は驚いたようすで、ごくりと生唾を飲み込んだ。

「そうだ。……わかったよ、じゃあ、ちょっと待ってな。あっちの客がいま勘定をいったから、そうしたらちょっとあくからな」

「ああ」

うなづいて、グインは串焼きに手をのばす。それへ、スイランが低く云った。

「なあ、グンドの兄貴、あんまり、そんなそれこそ――親爺のいうとおり、中原の政治情勢だの、クムの内部事情になんか、かかわらねえほうがいいんじゃねえのか。あまり知りすぎるとろくなこたあねえと思うぞ。まして俺たちはただの旅芸人なんだ」

「それは確かに知りすぎたらろくなことにはならぬだろうさ。だが、こんな、街角の居酒屋できける程度の情報なら問題はあるまいさ。第一、あの親爺がかなりの情報通であるといったって、一応こういうところにくる客が口にするていどの、通り一遍のものででしかないのではないかと俺は思うが」

「そ、そりゃあ、そうなんだが、しかし」

「お前もしかし、興味深そうに——というより、とても興味をもって聞いていたではないか、スイラン？」

面白そうにグインは云った。

「一介の傭兵あがりにしては、ずいぶんと、中原諸列強の事情などに興味がありそうなようすだぞ。ええ？」

「ええっ。よしてくれよ、もう、ほんとに」

スイランは大人しく云った。だが、そのとき、エン親爺が戻ってきたのでほっとしたようだった。

「待たせたね。ちょっと客が途切れたから、じゃあ、ちょいとゆっくり話をしようか。さんざ、もらっておいてすまねえが、俺も一杯御馳走してもらっていいかね」

「ああ、いいとも。飲んでくれ」

素早くグインが云った。エン親爺はまた身軽に立っていって、自分専用らしい銅のでこぼこのカップに酒を入れて持ってくる。根っから酒が好きそうに、実にうまそうにひと口飲む。

「ああ、うまい。てめえで売っておいていうのも何だが、やっぱりうちの酒がタイスーにうめえな」

「そいつぁ、けっこうなことじゃないか」

スイランが笑った。エン親爺は、もうひと口しみじみと酒を啜ると、二人を見比べた。

「何を聞きたがっていなすったんだっけかね。地下水路の話はもうすんだね」

「ああ、そうじゃない。いま聞いていたのは何やら水神祭りの話と……それにタリク大公が嫁をめとるという話だ」

「おお、それそれ」

エン親爺は大きくうなづいて、もうちょうど客がとぎれて誰もいなくなった店内にもう一度すばやく、入ってくるものはいないかというように目を走らせた。

「この店はちょうど、仲通りの角っこにあるでねえ。いろんな客がきちゃあ、いろんな話を持ってきてくれるのさ。また、仲通りの角で、しかもラングート女神の像の前なので、いろんな待ち合わせの場所にも使われているし、東の廓、南の廓、西の廓、ついでにサール通り、どこにゆくにもここを通る。——それで、まあ、ついついいろんな情報が流れ込んでくるのさ。いろんなうわさだのね。また、近所の店の連中も、いろいろと話し合うしね。——こういうしがない商売だと、ことにそういう、うえつかたの情勢が意外と影響するんだよ。ことに、こういう水商売はね」

「ああ」

「つまりだね。タリク大公の側近は、タイス伯爵の姫君じゃあなく、最近にまた独り身に戻った、年齢も申し分ない隣国の女王——そいつを、タリク大公にめあわせたい、とこう考えている、ってこったよ！」

「なんだって」

スイランが叫んで、あわてておのれの口を押さえた。

「隣国の女王で最近、独り身に戻った——って、そ、それは、つまり、パロのリンダ女王のことじゃないか」

「しッ」

エン親爺は片目をつぶってみせた。ますます声を低める。

「まさしくそういうことさ。タリク大公の側近は、タリク大公の后にパロのリンダ女王をと考えているし——だがもちろん、パロにとっちゃ、ただひとりの大切な女王様だからな。そんな話、たいそうもめるに違いないわな。だからもちろん、当然、無理だ、という意見も多い。むろんタイス伯爵は大反対だ。だが、これがうまくゆけば、クムとパロとが、とても強い婚姻のきずなで結ばれることになる。——まあ、いろいろと問題はあるわな。タリク大公ってのはこういっちゃ何だが、そんなにこう、すばらしい名君なわけでも、すごい武将なわけでも、すばらしい美男子なわけでもない。べつだんぶさいくだとは思われちゃいないが、要するに、ごく平凡な普通程度にいい君主で、あんまり経験のない、だがそんなに臆病だということもない騎士の頭領で、そして、見かけもまあ、そう悪くもないが、そうぬきんでてるというわけでもない――ま、亡くなった先代のタリオ大公は、この末っ子を溺愛していて、タリク公子はすごい美少年だと信じ込んでいたらしいがね。ま、そりゃ、兄貴たちにくらべりゃ、まともな顔もしていたかもしれんがね。だが、リンダ女王の亡くなった主人といやあ、あんた、誰だと思う」

「そりゃ、クリスタル大公――というか、神聖パロのアルド・ナリス聖王じゃあないか？」

呆れたようすでスイランが云った。

「そりゃ、こういっては失礼だが比べるのはちと無理ってものだな。だってアルド・ナリス陛下といえば、中原一番の信じがたいほどの美男子で、まあ晩年は奇禍にあって寝たきりの不自由なからだになってしまったものの、頭脳明晰、なんでも出来て、その上パロ奪還のために功績をあげたすぐれた武将、ルアーの公子といわれた、天下の傑物じゃあないか？　ことに、その美貌が有名だ。アルド・ナリスとリンダ夫妻といえば、中原でいちばん美しい夫妻として有名だったはずだよ」

「そうさ、だからまあ、タリク大公にしてみりゃ、そりゃ、そんな、中原一番の美女といわれるひとを、嫁にもらったらさぞかし楽しいだろうと思うわな。――しかも、パロを併合――とはいわないが、パロそのものの支配権も少し近くにくるようならな。だが、リンダ女王のほうからみたら——死んだ夫と同じくらいのひとでなけりゃあ、とうてい一緒になるなんざ、考えられもせんだろう。——それにリンダ女王というのはたいそう貞淑だというもっぱらの評判だ。いまだに、亡き夫に操をたてて喪服を一回も脱いだことがないのだそうだな。もっともまだ、うら若い未亡人になってから、一年はたっていないんだから、そもそも、まだ、再婚話に耳をかたむける気持にもなっちゃあいるまいが。だが、パロもいろいろと、国としちゃ、とても困っているようだからな——だから、まあ、国としては、いまのパロが、クムが助けてくれるとあったら、とても助かるかもしれんということはあるわな。なんたって、いま、リンダ女王が必死におさめてはいるものの、いまの聖騎士侯の筆頭ときたら弱冠二十歳なるならずのアドリアン侯でこれが一番かしらだった武将だというからな。おもだった重臣、武将たちはうちつづく内乱でみんな死んだり、引退したり、負傷したり、とらえられたりしてしまって、いまのパロときたら、とてつもない人材難だそうだからなあ」

「へええ……そんななのか……」

「そう、おまけに、政治家だの貴族だのも偉いさんがみんな殺されたり、ほれあの内乱のときに敵方、ってことはあの双子のかたわれの王様だわな、そっちにくっついて、処分されてしまったりして——まああの魔道師宰相とかいうヴァレリウスってやつは残ってるらしいが、ほかには本当に、ろくな政治家も外交官もいなくて、困ってるらしいからな。まあ、いまもし、かつての黒竜戦役みたいにどこかの国が攻め込んだとしたら、パロはまったくなすすべもなくその国にしたがえられてしまうだろう、というもっぱらの噂だよ。これやもう、このしばらくずっとそういう噂でもちきりだった」

「ほほう——パロというのは現在、そんな状態なのか」

「そうなんだよ。でもってだな、おまけに、もうひとつ大変なのが、あの例のゴーラ、なにかとうわさになるあの物騒なゴーラの殺人王イシュトヴァーン、あの男の女房だった、モンゴールのもと大公アムネリス王妃が、息子を生んで、亡くなってしまった。一応極秘にゃされてるが、それが自害らしいってことは誰だって知ってる。ひとのうわさにゃ戸はたてられねえからな。イシュトヴァーンがモンゴールを弾圧し、無理押しにゴーラの王様になったもので、アムネリス王妃は、その男の息子を生んだことに絶望して胸をついて死んでしまったんだっていううわさをきいたよ。それで、その息子ってのは、ゴーラの切れ者、カメロン宰相が育ててるんだそうだが、イシュトヴァーン王は、アムネリス王妃の子だというんで、その赤ん坊をちっとも可愛がってねえんだそうだ。餓鬼の話はどうでもいいが、つまりアムネリス王妃も死んでしまったから、残虐王イシュトヴァーンもいま、まさにひとり身だ、っていうことなんだな。つまり、リンダ女王は、ゴーラからも、クムからも、そりゃもうたいへんに都合のいい——しかもいまや自力では守りにくくなってきたパロがくっついてくるかもしれぬという大御馳走までついた、しかもすごい美人のひとり身女だ、ってことなんだな」

「ふむぅぅ……」

「まあだから……タイス伯爵が、自分のむすめをクム大公にめとってほしいと望んでも、なかなかそういう微妙な事情がある。だから、タイス伯爵としては、とりあえずまずは、アン・シア・リン姫をなんとかタリク大公に見せて、お気に召してほしい。そのためにも、今度の水神祭りに、タリク大公にタイスにお渡りいただいて、そうして出来ることなら、アン・シア・リン姫を抱いてもらって――既成事実にしてもらって、気に入ってもらい、一気にこの縁談をすすめてしまいたい、という――まあ、この話はべつだん秘密でもなんでもないよ。わしらはもう、去年の水神祭りのときからずっと、この話でもちきりだったからね。だからこの話で、旅の人たちから金をふんだくるつもりなんかない。だが、リンダ女王の話のほうはこれはなかなかのねたというものだよ。その上にね。タリク大公を、タイス伯爵がなんとかして、水神祭りにタイスにお渡りいただこうと画策してる、ってのが一番のねただね。そのためにたぶんあんたらも宮殿に呼ばれてんだろうが、とにかく、祭り好き、遊び好きのタリク大公のために、面白そうな芸人、剣闘士、吟遊詩人、そのほかもろもろ、なるべくたくさん集めようとしている、という評判はもうずっと聞いていたよ。――タリク大公というのがまた、なかなか我儘なおかただからね。お気に召さなければ、けんもほろろだろうからな。その意味じゃあ、タイス伯爵は今年の水神祭りにずーっともう賭けてるのさ。おかげで、このところ、芸人たちの選びかたがいちだんと厳しくて、お館のガヴィーたちはたくさんの餌をもらってずいぶん肥え太っているというぞ」

「なんという話だ」

低く、スイランがいった。

「どの話も、ご勝手だとは思うがね。しかし、その、芸人たちをよって厳選するために、なにも堀におとしてワニに食わせることはないじゃないか？　それじゃあ、俺らもたまったもんじゃないよ」

「だから、食われないように気を付けていい芸をお目にかけるだけだってことさ」

エン親爺は云った。スイランは、グインが大きくうなづいて、残った酒を飲み干したので、いそいで自分も飲み干した。どうやら、この親爺から聞き出せるほどのことは聞き出した、とグインが考えたらしいことに、敏感に気付いたのだ。

「もう、行くのかい、グンドの兄貴」

「ああ、夜通し、ここで飲んでいるのも勿体ない話だからな。話のタネにその廓とやらに足をふみいれてみようではないか」

「そりゃ、もう、タイスにきたからには、廓に登楼しなくっちゃあ嘘だよ」

エン親爺が云った。

「親爺のおすすめはどこの廓だ？　確か、西の廓は安全だが面白くなく、東の廓は物騒で恐しい、サール通りは俺らのようなものでも危害を加えられるかもしれん、ということだったたな。ということは、南の廓はどうだ」

「南の廓は、廓というよりか、賭場がたくさんあってね。むろん妓楼もたくさんあるよ」

エン親爺は云った。

「そうだね。まあ、安全に女遊びをしたいなら——綺麗な妓がいるのはそりゃ西の廓だろう。あそこはあるていど水準を揃えているからね。だけど、東の廓のほうが、いろいろと許されない快楽もなんでもとりそろえているからね。うんと幼いのでも、二人三人といちどきにねるのでも、男と女同時というのでも、なんでもござれだ。何ひとつ驚かないよ。あんたがたとえば、埒をあけるのと同時に相手の首を切り落としてみたいと思っているんだ、と物騒なことをいったとするね。そしたら、その分の割増料金を出せといわれるだけさ。もちろん、そんな、一回かぎりのお楽しみはうーんと高くつくけどね！　その分、これから先も使える女郎を一回で終わってしまうわけだからね。だがそれだけの金を出せばなんでもしてくれる。西の廓はそうはゆかない。協定もあるし、自警団もあるからね。南の廓なら、店の大きさも物騒さもあやしさも、妓の水準もちょうどまあ、西と東の中間ってことになろうね。サール通りはまったく特別だよ。だが、いっとくが、ここから南の廓にゆくためにゃ、サール通りを通り抜けなくちゃならないんだよ。ま、通り抜けるだけなら、たいしたこともないがね。化粧した男娼たちにくねくねされたりして、多少気持が悪いくらいのことだよ。それにあんたらは旅の人だから、覚えておいたほうがいいと思うが、このタイスじゃあ、一切の快楽に制限というものはない、というのが、ヌルルの神のおきてなのだ。男色が女色より下だの、異常だの、倒錯だのとみなされていることも一切ない。だから、もしサール通りに入っていって、あまり毛嫌いするような顔をすると、ひそかに路地にでも連れ込まれて袋叩きにあうよ。あまり気味悪がったり、まして大声でそういうことをいったりしないことだ。ほかのとこならともかく、サール通りだと、袋叩きだけじゃあすまないかもしれんからね。どんなたくましい大男だって、あの通りじゃあ、そういうのをなにしてみたい、と思う酔狂なやつにことかくこたあないんだからさ」

「くわばらくわばら」

思わずスイランは亀の子のように首をちぢめてつぶやいた。

「俺はまっぴらごめんだな、そいつぁ。なあ、兄貴、西の廓にしようぜ。それなら、そのサール通りとやらを抜けなくてもすむんだろう」

「だが、建物がひとつになっていて、そこに登楼したら、どうあってもそのなかであそばなくてはならぬのだったな」

「ああ、そのとおりだよ」

「まあいい。いろいろときかせてもらって、とても参考になった。では、勘定にしてもらおう。まあ、どこに登楼《あが》るかは、歩きながらのんびりと品定めをすることにしよう。夜は長い」

「まあ、あんただとたぶん、たいがいの小さな店にゆくと、特別料金を請求されることになるだろうから、なるべく大きな、大勢の女郎をかかえている店にあがったほうが無難だよ」

エン親爺は忠告した。グインはうなづいた。

「肝に銘じておこう。では、ここにおくぞ。串焼きはなかなかうまかった。タイスふうの酒もな」

「ありゃあ、タイスふうじゃない。ロイチョイふう、というんだよ」

親爺は云った。そして、ちょうど入ってきた次の客を迎えてまた串焼きを焼き始めようと立ち上がってはなれていった。

二人は、エン親爺の店を出て、またラングート女神の像の前にいった。見ればみるほどそれは奇怪きわまりない像であった。ぴかぴかと光っている頭部は、おそらくは、通行人がいろいろと祈願するために平手で撫でまわしてゆくのだろう。よくみるとその目には、黄金色の貴石のようなものがはめこまれていて、それにはたてに細く黒い線が入っていたので、本当の目のようにぶきみにみえた。その大きな口はぱっくりと開いていて、なんとなく、かれらをあざわらっているかのようだった。

エン親爺の店で飲み食いしているあいだに、またいくばくかの時間が流れ過ぎたので、また夜が更けてきていた。このあたりでは、夜が更ける、というのは、寝静まることではなく、まったく逆にどんどん人出が増えてくることを意味しているようであった。

同時に、夜が更けてくるにしたがって、どんどん、歩き回っている連中の風紀のほうは乱れてきていたし、服装のほうはどんどんあらわになってきていた。もう、歩いている女たちは、胸を出しっぱなしにして、てっぺんにだけ飾りをつけているのが当然になっていた。かえって、きちんと肌を隠すような服装をしていたら、ここでは目立ってしまって異様に見えたかもしれない。すけすけの布をまといつけた娼婦たちが、前よりずっと大勢路上にあらわれて、おおっぴらに客引きをしていた。あちこちから聞こえてくる音楽の音色や歌声は、ますますたけなわになっていて、ますます街はおそろしくやかましかった。

「どうするんだい、兄貴」

「南の廓にいってみる」

「ぎえ」

スイランは飛び上がった。

「そ、そのサール通りってのをどうあっても抜ける気かい。おお、まさか、兄貴、それとも、そっちに登楼する気じゃないだろうな。だったら、おらあ抜けさしてもらうよ。おらあ、そっちのけはまったくねえんだ」

「そのようなことをあまり大声で云わぬほうがいい、と忠告されただろう、エン親爺に」

グインは云った。

「俺も登楼する気はない。ただ通り抜けるだけだ。ちょっと、急ぐぞ。俺は、この廓のなかをひとわたり、歩いてみたいのだ。どこかに登楼するのはさいごのさいごで、たぶんそうはしないと思うぞ」

「ひとわたり、歩いてみるだって?」

呆れて、スイランは云った。

「そんなことをしていたら、いくら夜が長くたって、そろそろ夜明け近くなってしまうよ。朝になりゃあ、ただちにいろいろとまたお召し出しがあるんだから、あんまり今夜は、寝るのが遅くなったらまずいんじゃないのかい」

「俺はべつだん一晩くらい寝なくてもなんともないが、お前はもしそういうことなら、先に戻っていてもいいぞ」

「そ、そうはゆかないさ。あんたをひとりで、こんなあやしげな廓を歩き回らせるわけにはゆかない」

スイランは声を少しでかくした。

「見てみろよ。みんなあんたのことを穴のあくほど見て、またぶしつけに大声でうわさをしているじゃあないかね。あのままじゃあ、あんたが一人になったら、あんたのゆくさきざきは黒山の人だかりになっちまうと思うよ。大丈夫、俺も一応それなりに世慣れてるからね。ちゃんと、俺が、宮殿に戻るまで、あんたの面倒をみてやるさ。もっとも、面倒を見るといったところで、じっさいにはあんたのほうが百倍強いんだから、そういう意味で守ってやるとかいうんじゃなくてな。普通の人間のほうが聞きやすいこととかがあったら聞いてやろうとか、話をしてやろうというだけのことだが」

「それは親切なことだ」

なんとなくからかうようにグインは云った。

そういいあううちにもかれらは、ぶきみな白緑色のラングート女神の像の前を通り過ぎて、「サール通り～南ロイチョイ地区」と書かれた看板が出ている、三本の道の真ん中のものに入ってゆこうとしていた。それは、ことにほかの二本に比べて広いというわけでもなかったが、格段に人が多かった――いや、じっさいには、そんなにひとがその道だけひしめいていたわけではないのだが、ただ、妙にぎゅうぎゅうづめな感じがして、むさくるしい感じがする。その理由は、ちょっとその通りに入ってゆくとやがてわかった。この通りには、ほかの通りで客をひいているような、娼婦たちのすがたがまったくなかったのだ。

「もう、ここはサール通りなのかい、兄貴」

スイランはささやいたが、

「俺にわかるわけはないだろう」

という、まことにもっともな答えしか返ってはこなかった。だが、そのあたりはもうどうやら、まぎれもなくサール通りのようであった。なぜかといえば、化粧して、乳房もあらわにし、すけすけの布をまきつけて猥褻な格好でしきりと道ゆく男たちにねずみ鳴きをしている娼婦たちのすがたがまったくなくなったかわり、同じような布をまとっているし、化粧もしているが、骨格が娼婦たちよりかなりごつい連中がうろうろしはじめたからだ。

その通りに、ものの百タッドも足を踏み入れていったとたんに、この通りを全部制覇するのは、かれらには相当難儀なことだ、というのが明らかになった。

「あら、素敵」

「なんてたくましいの。ちょっと、お兄さん。豹頭のお兄さん」

「寄ってらっしゃいよ。天国にイカせてあげるわよ」

「そっちの傭兵さんも素敵」

「二人で、おあがりなさいよ。いいコがいるよ」

道の両側から、おまけに建物の二階や三階からまでも、いやというほど、誘う声が降ってきたからだ。しかもその声はのこらず、あえていうならドラ声であった。作り声の甲高い声や、まだ少年らしい高い声もまじっていたが、基本的に男のドスのきいた声であった。

だが、見た目のほうは、いかにもごつかったり、なんぼなんでも女性にくらべれば大きいことをのぞけば、なかには、たまに――ごくたまにではあったが、びっくりするほど綺麗にみえる、とてもきれいにお化粧したおかまもいた。化粧の技術は、たいしたものであった。髪の毛も、女と同じようにきれいに頭の上に結い上げたり、もちあげて宝冠をつけてから垂らしたりしていて、色もいろいろに染め上げ、真っ赤な髪の毛のものや緑色のもの、ものすごいオレンジ色のものもいた。

が、そうではなく、女装も化粧もしていない、まるで水夫か剣闘士のようにたくましい上半身を裸にして油をぬってつるつるにみせかけ、乳首だけに紅をつけて目立たせるようにし、そして細い腰を強調するように赤いサッシュベルトや黒いのを巻いて、短い膝までの――もっと短いのもいた――ぴったりした足通ししかはいてない、という相当に猥褻な格好をした連中もいた。そういう連中はたいてい髭をほうほうとはやしていて、そして、かれらにむかって手をさしのべて呼びかけ、登楼してゆくようにと誘うのだった。もう五百タッドもいくとまさしくそれはスイランにとっては悪夢の世界の様相を呈してきはじめた。それはまさしく、ルブリウスの天国にして、スイランにとっては悪夢の世界にほかならなかっただろう。

第四話　快楽の王国

1
「うわー……」

スイランは、エン親爺の忠告と、それにグインのことばをちゃんと一応肝に銘じていたので、決して大声ではなく——だが、云わずにはおられない気持だったので、こそこそとささやいた。

「うわー……うわー、うわー」

それは、スイランならずとも、そのような風雅な趣味を理解する同好の士でないかぎり、相当に仰天すべき眺めではあった。

「一ザン、四分の一ランでどうだい」

「どんなお望みにもこたえるわよ」

「お兄さんの豹頭、本物なのかい？　それとも、ケイロニアの豹頭王をまねするのがいまどきの流行になってるのかしらね」

「ちょっと、その胸の筋肉にさわらせてよ、いい男」

左右からひっきりなしに声がかけられる。グインだけではなく、スイランにもそれなりに声がかけられたので、スイランは正直の話、いささかおびえてグインにぴったりはりついていた。ここでは頼れるのはグインしかいないとばかりのありさまであったが、まあ確かに、ある意味では、そうやってけっこうたくましいスイランがグインにすがりつくようにくっついているさま、というのは、この通りを歩いていてもそれなりに違和感はなかったのかもしれぬ。

しばらくこの通りを歩いていると、だんだんに、男どうしでくっついているのがあたりまえだ、という気分になってきて、この世にもしかすると女性というものはいないのではないか、というようなとんでもない錯覚に陥ってさえくるのだった。それほどに、この通りには徹底して、男しかいなかった——女の格好をしているのも、していないのも含めて、であるが。

小さな妓楼や大きな見世、そして妓楼ではない普通の飲食店や飲み屋などが、この通りにも両側にぎっしり立ち並んでにぎやかに商売をしているのは、あまり、いま通ってきた仲通りの光景とは基本的にはかわらない。だが、とにかく、最大の特徴は、歩いている客たちも、通行人も、店の従業員も、そして呼び込みをしている娼妓たちも、すべてが男だ、ということであった。

「ううっ」

スイランがひそやかに嘆いた。

「なんだか、気が遠くなってきた。——なあ、兄貴、ここはまだ、タイスの繁華街のまんなかなんだよなあ？　どこか、遠い、とんでもねえ異国じゃあねえんだな？」

「お前は、ここはじめてなのか、スイラン。たいそう世慣れているようだし、あちこちにいっていると思ったが、クムもきたことはあるのだろう。タイスははじめてか」

「クムもきたことがあるし、タイスを通り過ぎたこともあるよ。だが、サール通りなんていうとてつもねえものはこれがはじめてなんだ」

気弱にスイランが云った。

「俺もなあ、ちょこっと船に乗っていたり、軍隊にいたことも当然あるから、まわりが野郎だけなんていうのは、それほど珍しいことでもねえんだが——むしろ、俺は、手前では、手前のことを、けっこう男好き、おっとっとそういったんじゃここじゃあ誤解を招くな。つきあう友達としちゃあ、男というのはまことにいいもんだと思っていたんだがな。こう——なんといったらいいのか……女の格好をしたやつもいるんだが、それが男だけだ、なんていうことになるとだな……」

「は、は、は」

珍しくグインは吠えるように笑った。

「俺もこのようなところははじめてだ。だがまあ、どちらにせよ、俺は何を隠そう、妓楼街などというものそのものがはじめてなのでな。あまり、さっきまでの光景と大幅にかわっているとも思えぬ。まあ、どちらにせよ、登楼せぬという意味では、男ばかりの娼館だろうが、女のいる娼館だろうが、あまりかわりばえもせぬからな」

「なんだって」

スイランはちょっと聞きとがめた。

「兄貴は、妓楼街がはじめてだって。そんなこたあねえだろう。傭兵をしてりゃ、イヤでも応でも廓に繰り出したり、女郎屋にあがることになる。それにもつきあわなかったら、とてつもねえ堅物か、男として欠陥があるか、どちらかじゃねえかといううわさをたてられることになる。それこそ、ルブリウスの徒だとか、だな。だがルブリウスの廓にもゆかねえとなると——それこそ、気の毒な、サリアに見放されたルスの病におかされてるのじゃないかと評判がたっちまうことになるぞ。それともよっぽど女房に惚れてるか、どちらかだな」

「……………」

「そういえば、最初のふれこみじゃあ、兄貴とあのフロリーさんは夫婦で、スーティ小僧はその夫婦の子供なんだ、という話になってた。だがあれは、こうして旅を続けるつもりの上の決めごとなんだろう。そりゃあ、俺にだって、しばらく一緒にいりゃあわかる。あんたとフロリーさんが夫婦じゃあ、あまりにも大きさもちがいすぎるし、釣り合わねえし、第一、あんたの態度もフロリーさんの態度も夫婦のそれじゃあない。そうなんだろう？　兄貴」

「まあ、な」

　こうなったら、そこまで観察されていて、観察眼のするどいスイランを誤魔化すわけにもゆくまいと、不承不承グインは答えた。

「確かに俺とフロリーは夫婦ではない。この旅の都合上、何かあるときには夫婦で通したほうがいいだろうと申し合わせをしていたまでだ」

「ってえことは、あのスーティ小僧も、兄貴とフロリーさんの子供じゃあないんだな？」

　ずるそうにスイランが云った。その目がちかりと光った。

「じゃあ、フロリーさんの旦那ってのはどうなったんだい？　むろんマリウス兄貴じゃあねえ。――それもまた、違う意味で想像もつかねえ。それに、スーティ小僧はまた、マリウスとは似ても似つかねえ。あの子の父親ってのは、どこにいて、何をしてる人なんだい？」

「それはフロリーに聞いてもらったほうがいい。俺はひとの事情について聞きほじる趣味は持ち合わせておらん」

「何回か、聞いてみたんだが、何をおっしゃるんです、だのの御冗談をだのの一点張りで、全然まともにとりあってくれないんだよ」

スイランは低く云った。そして、くねくねと手をのばして腕をつかみ、ひきよせようとして腰をおしつけてきた、きれいに化粧した男娼を、あわてておしのけた。

「おいおい、つくな、つくな。こっちは忙しいんだ」

「サール通りに男を探しにきたくせに、何が忙しいんだい、この唐変木」

男娼が軒昂と云った。そして、つんとすまして腰をふりながら店のなかに入っていってしまった。

「フロリーにはいろいろと事情があるのだろう。俺もフロリー親子とは偶然知り合っただけのことだ。だから、詳しいことは知らん」

「あの坊ずはただものじゃない、そうだろう？」

なおもずるそうにスイランがいう。

「そうかな。まあ、そうかもしれんな」

「あの子は、普通の子じゃない。あんな二歳半の子供なんか見たことがない。からだもでかいが、知能の発達も、もろもろの発達もみんななみはずれてる。——あいつはもう、四歳といってもとおるくらいによく育ってる。……おまけに肝もすわってるし、いまからああだと思うとこりゃもう、末恐ろしいようだ、そうだろう？」

「まあな」

「あんただってあの子が我が子のように可愛いといっていただろう。あの子は、そう人に思わせるだけの、なんというのかなあ、天性の素質のようなものをもってるよ。いまだってすでに、さきゆきは立派に一国の支配者になる予定の王子様だ、といわれたって誰も驚くまい。むしろ、そのほうが自然な気がする。あんな餓鬼がそのへんの百姓の子なわけはないんだ」

「……」

「俺は、あいつのおやじはもしかしたら、誰もが知ってるような——びっくりするようなやつだったりしねえかと思っているんだ」

スイランはよこ目でグインを見た。

「あんたはどう思ってるんだ。フロリーさんを問いつめて、あの子の父親を知ろうとは思わなかったのか？　そもそも、あの子にもあの母親にも、何か事情があるよ。そうだろう——ないわきゃあない。だいたい、この一座の者達はみんな何かしら、隠している事情のありそうな——いわくありげな人たちなんだ。べつだん。俺はそれをつつきまわして秘密をあばこうなんていうつもりはねえ。ただ、こうして一緒に旅をしているからには、俺だって多少はあんたらの仲間にしてもらいてえんだ。ちょっとは、俺のことも信用して、秘密を打ち明けてくれるわけにゃ、ゆかねえのかな」

「それは、どうやら、ゆかぬようだな、スイラン」

だが、グインのいらえは、まことにきっぱりとしていて、身もフタもなかった。

「お前の人柄や腕前を信頼していない、というわけではない。だが、それとこれとは根本的に別の話だ。また、俺自身の話ならばまだしも、ことはフロリーやスーティにかかわっている。かれらに断りもなく、俺がかれらの秘密をお前にあかしてしまうわけにはとうていゆかぬし、また、俺自身も、かれらのそのような秘密についてては何かよく知っているというわけでもないのだからな。マリウスについても同じだ。俺自身についていえば、俺はおのれについてはなんでも聞かれたことには答えている。それだけのことだ。ほかには何も、隠しようというほどのものもないさ」

「……………」

スイランはうたぐりぶかげにグインの顔を見た。

だが、そのとき、グインが、すたすたと通りの片側に寄っていったので腰をぬかすほど驚いた。グインが、どこかの店に登楼しようとしているのか、と思ったのだ。

「お、おい、ちょっと待ってくれ、兄貴。こ、こんなおっそろしいところで俺を一人きりにしねえでくれよ」

あわててグインに追いすがってゆく。だが、グインがつかつかと入っていったのは、あやしげな妓楼や娼館のあいだに並んで建っている、きれいな菓子類を店さきに並べている店だった。

「いらっしゃい」

さすがにこういう店ではべつだん、店番が男性である理由もないのだろう。出てきたのは背中のまがったかなりの年輩の婆さんだった。だが、それもクムふうに、しわだらけの顔に口紅をつけ、髪の毛も頭のてっぺんに、まとめて団子に結い上げ、短いサテンの上着とサッシュとクムふうのパンツを身につけて、その上着のなかにはぴったりとしたそでなしを着ていようという、なかなか派手派手しいなりをしている。まとめた髪の毛の団子には、きらきらする飾りもちゃんとついていた。

「お菓子かい。どっかに登楼《あが》るおみやげにするんだったら、うちの菓子はおいしくって評判がいいんだよ。おおそう、この焼き菓子のつめあわせなんぞは、この通りのお姫さんたちにとても好かれているから、こいつを持って登楼ると、もてることうけあいだよ。――それとも、自分で食うんだったらね、でっかい豹頭の旦那、この卵パイがいいよ。こいつはねえ、淡水蛇《クネール》の卵をねりこんであるので、とてつもなく精力がつくといって、これから一戦まじえようという旦那がたがみんなこぞって買ってゆかれるよ」

「いや、家にみやげにしたいのだ」

グインは云った。そして、感心しながら、店頭にところせましと並べられている色あざやかな菓子類を眺めた。

「あまりたくさんありすぎてわからんな。小さい男の子が喜んで食いそうなものはどれだ？」

「小っさい男の子だって。そんなもなあ、ここにあるものなら、どれだって大喜びでむさぼり食うさね」

婆さんは鼻で笑った。だが、いくつかの菓子をとって、とりわけ盆に入れてくれた。

「このあんこをはさんだパイは子供がとても好きだよ。それから、こっちのアメ菓子もね。ほうら、いろんな動物のかたちのアメが袋に入っているだろう？　子供は大喜びさ。あとはまあ、こっちのこの砂糖菓子もいいねえ」

「おお、ではその砂糖菓子とアメ菓子とやらを貰うことにするかな」

「まさか、あんたの子じゃないよねえ」

婆さんは面白そうに云った。

「もしあんたに子がいるとして、それは、豹頭なのかい？　そいつはだが、つくりもんなんだろう？」

「いや、魔道師に、魔道でこうしてもらったのだ。これから、これをもとでにして、水神祭りで、ケイロニアの豹頭王グインに扮して立ち回りをやって一座を出すのだ。いまは、タイス伯爵の館に招かれている」

「あらまあ、そりゃたいそうなことだ」

さすがに、このあやしいサール通りのなかにまでは、そのようなうわさも届いておらぬとみえる。

「そうだったのかい。へええ、まあ、これだけいいからだをしてりゃあ、そりゃあ、天下の豹頭王様にだって扮しても怒られやしないかもしれないねえ。ほんとにいいからだこと、ここまで歩いてくるあいだ、旦那さん、もてもてだっただろう」

「そりゃもう、ふるように声をかけられて、引く手あまたってやつだったさ」

スイランがかわりに答えた。

「そうだろうとも。だけど、この通りにゃ気をつけな」

婆さんはくっくっと笑う。

「なにせ名にしおうサール通りだからね。そうやってもてもてだからと思ってついつい油断して登楼ろうもんなら、気が付いたらあんたのほうが受けにされちまってることだってたくさんある、とんでもねえドンデン通りだからねえ。そうだよ、サール通りのまたの名はドンデン通りっていうんだ」

「そいつは願い下げだな」

スイランはつぶやいた。

「婆さん、あんたもうこの通りには長いのか」

グインが金を払おうとかくしをさぐりながらいう。

「そりゃもう、このシカ婆さんときたら、このとんでもねえドンデン通りの主だってみんないうよ」

「そいつはいい。ちょっと、きかせてくれないか、いくつか」

「何をだい。この通りのどこに、いい子がいるかから、どのやつは病気もちかまで、なんだって、知らねえことはないよ」

「そいつも興味津々だが、このあたりにも、つまり——地下水路ってやつの入口になるようなところはあるのか？」

「地下水路だって？」

何を酔狂な、という顔を、シカ婆さんはした。

「このあたりったって、ありゃあ、タイスの下全体にひろがっているんだから、そりゃ当然この下にだってあるよ。だけど、このあたりから地下に降りてゆく道なんてないよ。もっともでかい娼家のなかには、地下水路に降りるあげぶたを作ってあって、急な手入れが入ったときだの、本当にやばいときだのに、客をそこからこっそり逃がしたりするようにしてるとこもたくさんあるけどね。もちろん、そう遠くまではゆけないよ。地下水路に入っていって迷子になって、無事に出てきたものはいないんだからさ。だけど、ほんのとなりの水路からうまくとなりの店に逃げ込んだりとか出来ればね、そりゃあそれで、とりあえず都合のいい地下室があるようなもんで、なかなか便利なものさ。もっともあのおっかない、地下水路に住んでる変な化物どもさえいなけりゃの話だがね」

「やはり、タイスの地下水路というのはそんなに有名で——そんなにひろがっているんだな」

「このへんだったらあまりよくわからんけどねえ。そうそう、あの宮殿、紅鶴城ね、あそここそ、いたるところから、地下水路に降りる穴が作ってあって、あげぶたさえありゃあ、そのあげぶたの下は地下水路につながってるってもっぱらのうわさだけどね。何か反乱があったときのために、伯爵たちが逃げ込めるように、そういう地下の逃げ道を用意したとやらね。また、もちろん、大きな地下の水牢のほかにも、たくさんの水牢がわりにつかわれてるやつもあるっていうし。それよりも、もっとはずれに近いとこではね。もとの《お山》のあったほう——といってもわからんかね、いまはオロイ湖になってしまってるけど、これはもともとは、オロイ山という火山だったので、それが噴火して溶岩が流れていってオロイ湖を作り、地下水路を作った。そのもともとは山だったあたりのことは、ちょっと小高くなっているだけだけど、みんないまだに《お山》と呼んでいるんだよ。——その《お山》の真下というのは、なんでもキタイにまで通じる謎の穴があり、大陸の反対側までつきぬけているっていう——もちろん伝説だよ！　そんなことがあるわきゃないだろう。だいいち、もしそんなことがあったら、そこからなんでもかんでも飛び出してきちまって大変じゃあないかね。だけど、そういうたいへんな秘密の抜け道がある、っていううわさもあるし、なかなか大変だよ。——そのへんには、地下水路に住んでる《水賊》一味と呼ばれてるやつらもいて、それはもう、長年水のなかで半分以上つかったまま暮らしてきてるから、本当の意味じゃ人間じゃないとやら、例の白いワニ、ガヴィーを飼い慣らして家畜にし、おのれらの手下にしてるとやら……いろんな伝説があるんだがね。だがそんなことはだれも半信半疑だけど、本当に信じてやしないよ」

「ほう……水賊か……」

「いやしないよ、本当は。そう思うよ、あたしゃあ」

シカ婆さんは苦笑した。

「そんなものが足の下に暮らしてるなんて思ったら、タイスの連中はますますじだらくの自暴自棄になっちまうよ！　いまでだって、もうどうしようもないくらいそうなのにさ。そうじゃないかい」

「ああ、まあ、そうだろうな。——で、どうなんだ。水神祭りについて教えてほしいんだが、水神祭りというのはたいそう盛大なんだそうだな」

「それを目当てにやってきたんだろう？　そりゃもう大層もなく盛大だよ。というか、クムじゅうの人口の半分がルーアンへ、のこり半分がタイスにあつまったんじゃないかと思うくらい、あっちこっちからみんなやってくるからね。でもルーアンの人間だってタイスの水神祭りを楽しみたいし、タイスのものたちもたまには違う場所へいってみたい。そういうわけで、ルーアンの水神祭りとタイスの水神祭りは、微妙にずらされているのさ。タイスが終わってから三日ほどしてルーアンの水神祭りになるんじゃなかったかしらん」

「ほう、なるほどな」

「でも特に今度の水神祭りは盛大らしいね。まず、オロイ湖のまんなかにある中の島、ヘビヘビ島でまつられている、オロイ湖の水神、守り神エイサーヌー様のお社が、建立されて今年でちょうど百年祭なのだそうだ。だから、水神祭りもひとつの区切りで、それでもうとてつもなく盛大になりそうだよ」

「タイスの守り神はラングート女神なのじゃないのか？」

「ラングートはエイサーヌーの愛人のひとりだよ。そして、ラングート女神がタイスの守り神だが、エイサーヌーはオロイ湖の神様で、ルーアンもバイアもヘリムもオルドもガヤも、湖畔の大きな町や都市をみんな守ってくれているのさ。オロイ湖そのものの神様で、湖神、とも呼ばれている。オロイ湖の平和と繁栄を守ってくれているかわり、とても多情で、各地にそれぞれに愛人をおいてその町を守らせているといわれてるね。それがタイスではラングート女神で、ルーアンじゃあ、ルーアンの守護神とされているキッカン女神さ。こりゃあ、水ヘビの女神なのだがね。バイアの女神は何だったかしら。確か、水鳥かなんかじゃなかったかしらん」

「なるほど、そのようになっているわけなのだな」

「そういうことさ。今年の水神祭りについてはね、だけど、おかしなうわさがとびかってる。今年から、ずっとされてなかったラングート女神への生きたいけにえ選びがまた復活するのじゃないかとかね。――ま、こりゃあうわさだけどね。いつだってうわさはとても無責任なものさね」

「宮殿から、このあたりまでは、ずいぶん遠いのか？　タイス伯爵は男色家でもあるときくが、このあたりのサール通りまで遊びにくるようなことはしないのか」

「ここらあたりにはまずこないね。ここらの評判の美童だのを召し出して、宮殿に連れていってしまうことはよくあるけどね。でも、正直いって、このロイチョイで暮らしている連中はみんな、タイス伯爵程度の権勢など、てんでばかにしているからね。この土地で一番偉いのは、腕のいい芸人と客を集める女郎なのだ。一番ばかにされてるのは、というより何をされてもいいということになってるのは、無能な芸人と、誰にもふりむかれない女郎、男郎なのさ。だから、タイス伯爵はもちろんおそれられてるし、それにああいう残酷な人だから、とてもみんな、おそれをなしたふりをしておそれいってるけど、ロイチョイの奥のほうじゃあ、誰もあんた、あんなしなびトートの矢なんかに、おそれをなしたりしちゃいないよ。そんなことをしてて、ロイチョイで女郎屋がつとまるものか。——しょせん、この世は色と欲、ときたもんだ、そうだろう？」

「ああ、そうに違いない。では、地下水路の入口というのは、宮殿にもあるし、このあたりの娼家にもある、ということなのだな」

「あげぶたはね。でもそれがどこに通じてるかなんてことは誰も知っちゃいないんだよ」

シカ婆さんは面白そうにいった。

「なんだい、あんた、地下水路に興味があるのかい。それとも、まさか、タイスを足抜けしようとでもいうんじゃないだろうね。これまでもタイスを足抜けしようとして、地下水路に逃げ込んだ女郎や男郎は大勢いたんだよ。だけど、誰ひとりとして逃げおおせたものはない。みんな、オロイ湖に出るところにある柵にひっかかって、最終的にはそこにひっかかったまま湖の魚に食われ、つつかれて白骨になってしまうんだというよ——ま、その前に、地下水路に住むガヴィーに食われてしまっていなければだけどね。もっともさらにその前に、地下水路に落とされた時点でたいていその囚人は気が狂ってしまうという話だがね。おおいやだ、あたしゃ絶対、ここに——地下水路の真上に住んでるからって、そんなものに足をふみいれたかあないよ。まっぴらご免だねえ」

「そりゃあそうだ」

グインは同意した。そして、包んでもらった菓子を受け取った。

「有難うよ、婆さん。じゃあ、これで、一杯やるなり、何か好きなものでも食ってくれ」

「あれまあ、こんなにくれるのかい、気前のいい豹頭の旦那だね。どんな子が好きなんだい。お礼に、いい子のいる見世を教えてあげようじゃないか」

「いや、正直のところ俺たちの目的は南の廓なのでな」

「《通り抜け》かい。それもそれなりだが、だったらもう、もう一本西の、西仲通りにぬけたほうがいいよ。ドンデン通りを通ってりゃ、そりゃ必ず、男を漁りにきたとしか思っちゃもらえないからね。もし本当にそうならいいけれどさ。そうでないのなら、あまり長いことこの通りをうろつかないことだ。この通りは、けっこう、自分たちの仲間じゃないやつをかぎあてるのも敏感だし、そういうやつを嫌いだからね」

2

シカ婆さんのやや恫喝的なことばに送られるようにして、グインとスイランとは、土産の菓子の紙袋を手にして、サール通りの菓子屋をあとにした。その店はだが、さしも長いサール通りのまんなかよりちょっと先くらいにあったので、外に出てしばらくゆくと、ようやくもう、サール通りの終点らしい、店と妓楼の切れ目が見えてきた。

「どこにも、あがらないんですかい、旦那がた。いい男がいますぜ」

ねずみ鳴きをしながら誘ってくるポン引きをはらいのけながら歩いてゆくのも、そろそろ疲れてきたので、グインもスイランも、この通りが終点になったことを心から歓迎した。べつだん、ひっきりなしにポン引きや男娼たちに袖をひかれるだけで、何も無法なことはおこらなかったが、その、たえまなしに男娼をことわったり、懐中にも気を配ったり、投げかけられる誘いのことばをしりぞけたりするだけでも、けっこうそれなりに気疲れしてしまったのだ。

「うわあ、なんだか、ぐったり疲れた」

サール通りをぬけだすと、スイランは現金に急にちょっと元気になって叫んだ。

「なんでなんだろうな。なんで、さっきまでと同じような商売してる連中のところを通ってたのに、相手が男だと思っただけで、こんなに疲れちまうんだろうな。俺がルブリウスの民じゃあないからなんだろうな」

「まあ、それはそうだろうな。だが、サール通りを女が歩くとどうなるのだろうな」

「そういえば、みごとに誰もいなかったな。女は――タイスじゃあなんでもありなんだそうだから、なかには、女の好きな女だっているんだろうが、そういう女はどのあたりにいくんだろう。きっと、それなりにまた、小さいながらもこのサール通りみたいな別の通りがあるんだろうけれどな」

「ああ、たぶんな」

サール通りを抜けると、そこにも小さな――仲通りのあのラングート女神のあった広場に比べればはるかに小さかったが――広場があって、そして、そこにも小さな石像がまつられていた。それは、猿の顔をした小さな男のすがたをしていて、いささか猥褻な石像だった。辟易したスイランはあわててそれを迂回した。

「うあ、この先のこの右の通りと左の通りはずいぶん静かそうだな」

こんなところも、ロイチョイのなかにもあるのか、と思わせるように、サール通りと交叉する格好になっている横の通りは細くて暗い。だが、そちらにも、点々と店らしいものはあるようすが見える。あかりが少ないので暗いけれども、そちらにも人は三々五々歩いている。

だが、この先の中心になっているのは、サール通りから直進するかっこうになっている通りであることは間違いなかった。明らかにそこから先はサール通りとはまったく違う通りとされているらしい。見かけがまるで違っていた。

まず、サール通りよりもずっと広かった。それに、たぶんよそからもこの通りに入る道があるのだろう。急にそのさきにはたくさんの人がむらがっている。広場のまわりにはまた、いくつもの店もあったし、それは食べ物屋や飲み物屋が多かったが、あとは、馬をつないでいる、馬車屋もあった。広場の入口のところにまた矢印のついた看板がたっており、「ここより左サール通り　ここより右南ロイチョイ」と書かれていた。

「南ロイチョイか……」

この先にはまた、どのような謎めいた暗黒街がひろがっているのだろう、と顔を見合わせて、南ロイチョイの通りに踏み込んだグインとスイランであったが、ちょっとその通りに入っていっただけでも、そこが、これまで抜けてきたかなり恐しい《ドンデン通り》とは、まるで違った雰囲気のところだ、ということは、すぐにわかった。

そこは、あの仲通りと同じほどに、もしかしたらもっと広い通りで、やはり両側にぎっしりと店屋がたちならんでいたが、その店々はこんどは、妓楼もむろんあったが、それよりも、それ以外のもののほうがはるかに多かった。食べ物屋、服屋、いろいろな道具屋などもあったのだが、それにもまして目についたのは、前面が細長く奥にむかってひろい前庭のようになっている、同じ作りの間口の狭い建物で、その細長い前庭には壁がないだけで天井がついており、柱がずらりと並んでいて、その柱のあいだに申し合わせたようにテーブルと椅子の席がいくつかもうけてあった。そこで腰掛けてものを食べたり、酒を飲んだりしているものたちもいたが、それよりも、その建物の奥ではどうやら、何かゲームのようなものがおこなわれているようであった。がらがらというにぎやかな音やわっという歓声がしきりとおこり、また、中からその前庭を通って真っ赤に興奮しながら出てきてぷんぷん怒りながら通りに出てゆくものや、それを笑いながら見送って中に入ってゆくもの、また、かくしのなかにたぶん金をじゃらじゃら言わせて数えながら満悦そうに出てくるものなどがひっきりなしに出入りしていた。

「ありゃあ、賭場かな。だとしたらずいぶんおおっぴらなんだな」

スイランはつぶやき、とても興味ありげに、通行人のなるべく人のよさそうな男を呼び止めた。

「すみませんね。あっしらは旅芸人で、ロイチョイははじめてなんですが、あの、いくつもある、前庭のついた建物じゃあ、ありゃあ、何を商っているんですかね」

「あれは、ロイチョイ名物の、カラスコ賭博の賭場だよ。ほかにも、ドライドン賭博だの、ホイだの、ありとあらゆる遊びものをやってるがね。入口の柱のところに、ドライドンとニンフの像がひとつづつたっているところは、ドライドン賭博もやっている。あの、首から上が鳥になってるカラスコ女神の像があるだろう。あれがついてるのはカラスコ賭博。ヤーンの像があるやつはホイだ。あと、『幸運ゲーム』だの、『十二神カード』のゲームだの、いろんなものがあるが、それはみんな、入口にある看板に書いてあるよ。それをみて、何をやりたいかよく決めて店を選ぶこったな」

「有難うございます」

スイランは丁重に礼をいった。

「へえっ――こんな、内陸のクムあたりでも、ドライドン賭博はひろがってるのか……懐かしいな」

「ドライドン賭博ってのは、何だ、スイラン?」

「ああ、それはね、沿海州で一番普通におこなわれてる博奕だよ。船乗りたちなら、いっぺんはドライドン賭博ですらなかったものはないよ。――カラスコっていう博奕は知らないな。ホイは中原ならどこでもやられているけれどもねえ。だが、幸運ゲームだの、十二神カードなんてのはきいたこともない。まあ、どちらにせよ、おらあもう、ばくちからは足を洗ったんだ」

「ということは、以前はかなりやった、ということだな、スイラン」

グインは笑った。

この広い明るい通りに入ってきてからは、ポン引きも客ひきの娼婦も、いないわけではなかったが、それよりもずっと、遊びにこの通りにきていると一見してわかる客らしい連中のほうが多くなっていた。サール通りでは、客をひいている連中のほうが、客そのものよりはるかに多かったのだが、この通りでは、明らかに客のほうがずっと大勢いて、そして、どこに入ろうかと虎視眈々と店と店を品定めして、いったり戻ったりしていた。男女の比率はどちらかというと男のほうが多かったし、あきらかにクム人ではない、船乗りだの、もっと南のほうのあきんどらしい連中が団体になっているのだのがいたが、要するにかれらは、女を買ったり、飲んだくれたりする前にもうちょっと違うあそびをしてもいいな、と考えている連中のようだった。

「このあたりは賭場が中心になっているようだな。なかなか活気がある」

わあっと人波が崩れて、どうやら何かいかさまでもやらかした男が袋叩きにされているようすの人垣が見える。悲鳴や、もみあう音、争う音や肉体が打たれ、殴られる音までもきこえてきて、人々がわあっと逃げ散ったかと思うとまたわっと戻ってくる。そのあいだを、ポン引きや娼婦たち、男娼たちがまったくそんな騒ぎなど、毎度のことで気にするいわれもない、といったようすで悠々と泳ぎまわっている。猥雑な空気は頂点に達したかと思われた。

　ここでは仲通りのようにあちこちから音楽の音や歌声がきこえてくることもなく、そのかわりに、何をいっているかわからぬ、大声の怒鳴りあう声だの、悲鳴のような絶叫、大声の笑い声や、叫び声、などがひっきりなしにきこえていた。そのあいだを、何を運ぶのか、小型の荷馬車をつけた小柄な馬どもがよくゆきかっている。

「どうするんだい、グンドの兄貴、どこかに入るのか？　俺はなあ、実をいうと、ちょっとばかり、ばくちはやばいんだよ。以前にばくちで大失敗しそうになったことがあってな。それ以来どうもばくちは禁物でな。兄貴が賭場にあがるっていうんだったら、俺は、出来たら、どっかの妓楼にしけこんでちょいと女とあそんでいてもいいな。もっとも、置いていってはイヤだよ。こんなところで置いてゆかれたら、右も左もわかりゃしねえ」

「俺もご同様だ。俺だってこのあたりははじめてなのだからな。いや、はじめてもいいところだ」

　グインは笑った。だが、まったく足をとめる気配もなく、左右の店に目を配りながら、どんどんすたすたと歩いてゆく。しだいにその歩みは大股になってきて、早まってきていた。スイランはあわててついてゆこうと足を速めながら悲鳴をあげた。

「兄貴、待ってくれ。兄貴、なんて足が速えんだ……足が長いのかな」

「今夜のうちに、ちょっと見ておきたいものがあるのでな」

背中ごしにグインは云った。

「ちょっともうそろそろ時間がかなりたってきたので、俺としては急いでいる。やはり、明日のことを考えておくと、なるべく早く戻って寝ておきたいのはそうだからな」

「見ておきたいものって」

「この廓の見取り図というか、まあ、この廓街が、オロイ湖にどうつながっているか、というようなことだ」

グインは云った。そして、わきめもふらず、歓楽をもとめる人々の群れでごった返している夜更けの南ロイチョイを歩き抜けつづけた。

ひとつだけ確かなのは、サール通りでもそうだったし、その前の仲通りでもそうだったが、この南ロイチョイでも、やはり、グインの豹頭は、人目をひどくひきつけはするし、とてもふりかえられはするが、それでいて、べつだん誰もそれにびっくりしたり、しりごみしたり、うしろ指をさしたりするものはいない、ということであった。人々は明らかに、グインが豹頭であろうとなかろうと、べつだんそれはおかしなことだとさえ思っていなかったのだ。というより、それがほんものの豹頭であるか作り物であるか、などということはあまり気に留めず、要するに豹頭なんだと思っているようであった。

一瞬ぎょっとしたようにふりかえるものも、すぐに、「ああ」と妙に納得したようなようすになる。結局のところ、「豹頭王に扮してみようとしているんだろう」と、それによって商売をしようとしているのか、それともただの酔狂かは別にして、誰もがそういうことで納得をしてしまうようなのであった。明らかにこの町では、ひとが豹頭であるか、鳥頭であるか、などということよりも、その豹頭の人間が金をもっているかどうか、そしてどこかの店に入ってあそぶつもりがあるかどうかのほうがはるかに重要だったのだ。

それはグインにとってはかなり気が楽になることでもあったが、同時に、多少ぶきみなことでもあった。しかしこの場合には、あまりそうやって自分の異形がふりかえられはしても、評判になりはしない、というのはありがたいことであるには違いなかった。

グインはどこの賭場にも入らず、ときたま両側の賭場から、大当たりでも出たのか、わっとあがる歓声や、たぶんすってしまった者らしい悲鳴だの泣き声だの、神を呪い、天を呪詛する声だのをききながら、すたすたと南ロイチョイの通りを抜けて歩いていった。ただ無造作に目的もなく歩いてゆくように見えてはいたが、そのトパーズ色の目はその実、するどく左右の店に配られており、また、店がとぎれて横道があらわれてくると、必ず、その奥がどうなっているか、なにげなく首をまげて調べていた。そのように、スイランは注意深い目を注いでいたが、グインがそれをふりかえると、さっと素知らぬ顔をして、何も気付いておらぬふりをした。そして、いかにも、とりあえずそのすぐ通り過ぎようとしている横にある賭場に興味をひかれてたまらぬ、というような顔をするのであった。

正直のところしかし、妓楼に登楼もせず、ばくち場にも用がなく、飲食する気もない、ということになると、けっこう、この通りを歩いていてもやることはあまりないことになるようであった。ここは間違いなく、酒色やばくちの歓楽だけを売っている通りであって、それ以外のものはほとんどおいていなかったからである。妓楼はこの南ロイチョイの、少なくとも表通りには随分少なかったが、その分、街娼とおぼしい女たちがけっこう出てきていて、ちゅっちゅっとねずみ鳴きをして、女あそびよりもばくちのほうに興味がある、というような連中をなんとかして、自分たちのほうに関心をむけさせようとつとめていた。

もっとも、たぶん、それではばくちよりも女を選ぶような連中はこのあたりにくる必要もなく、東の廓や西の廓でことをすませてしまうのだろう、女たちのこころみはそう成功しているとは云えなかった。なかには、だが、ばくちで思わぬ金を手にしたらしく、にんまりしながら出てきたかと思うと、通りにとりあえずたむろしている街娼たちのなかから何人かを適当に選び出して、ご褒美の楽しみを味わいにまた別の種類の店に入ってゆくようなものもいなくはなかったのだが、それはあんまり多くはないようであった。それでも女たちはねずみ鳴きをするのも、酔漢の袖をひくのもやめなかった。

頭上にはきらきらとよく光る材質のもので作られた看板が、あちこちにかかげられたかんてらのあかりで夜をあざむくばかりに輝いており、おかげであたりはとても明るく照らされていた。少ないとはいえ、戸があいたときなど特に、中からにぎやかな音楽のもれてくる建物もあって、この一郭は本当に、朝になるまで夜の訪れなど知らず、眠りにつくことも知らぬようであった。

その通りをひたひたと突き当たりまで抜けてゆくと、グインは、通行人をつかまえて、「オロイ湖に出るにはどういったらいいか」とたずねた。通行人が、指さして、このさきを左に曲がって埠頭に出るように、と教えてくれると、早速グインはさらに足をはやめてそちらに曲がった。

その道に入るとすぐに、細い堀割のようなものが、道路と家々とのあいだをぬうようにして何本かはじまっていた。そして、それはとうていグーバでさえ通ることは出来ないくらい細かったが、それが何本か注ぎ込んでいるもうちょっと幅の広い堀割が出てくると、それはグーバが二つすれちがえる程度の広さはあり、そしてところどころに、明らかにグーバがその下を通ることを意識しているらしい、高く持ち上げられた橋がかかっていた。そのあたりまでくると、水のにおいもしていたし、また、淡水とはいえなんとなく港町らしい、磯のにおいとはいえないが、魚くさいようなにおいとか、波の音などもきこえてくるようになったのである。

そして、その大きな堀割にそってゆくと、まもなく、その堀が、広い河口のようになってきて、そしてそこにはたくさんのグーバや、もっと大きめの小舟がつながれていた。そのさきはもうオロイ湖がひろがっていた。

「ふむ」

そのへんはもう、かなり店などもなくなっていて、ひっそりしていて人通りもなかったが、それでいて、かなり明るかった——小舟やグーバのへさきには、みな、かんてらがつるされていたからである。夜通し、それはつけられているようだった——おそらくは、暗闇で互いどうしぶつかりあうのを避けるためなのだろう。そして、なかには、ひとの乗っている舟もあり、小舟のなかで毛布のようなものをかぶって寝ている船頭らしいやつもおれば、かなりの深夜だというのに起きていて、舟の手入れに余念のないやつ、舟をおりて、堀割にそった石垣の上で、数人でホイをしているやつなどもいた。その男たちはすでにグインがこれまでの湖の国の旅で見慣れてきた、船頭のかっこうをしているので、すぐにその職業がわかった。

だがむろんオロイ湖そのものはけっこうひっそりとしずまって黒々とした巨大な水をたたえていた。そのなかに、だが、ちらちらといくつかのあかりが動いているのは、おそらくは夜釣り、夜漁に出ている漁師の舟ででもあるのだろう。

「へえっ——あのにぎやかな南ロイチョイからほんの十タルザンもきただけで、こんなにしずかになるんだ……うへえ、オロイ湖、広いなあ、やっぱり」

　スイランが、圧倒的な闇におそれをなしたかのように低くつぶやく。

「あの南廓のにぎやかさが嘘のようだねえ、グンドの兄貴。――いや、だが、こうして耳をすますと、遠くから、それこそ潮騒のように、あのにぎやかなかいわいのざわめきがきこえてくる。そいつがオロイ湖の潮騒とまじる。なかなか、いいもんだね。おらあ、好きだよ」

「沿海州を思い出すか？」

　おだやかにグインが云った。スイランはうなづいた。

「ああ。俺は沿海州にもけっこう長かったからね。だが、ふるさとってわけじゃないよ」

「そうか」

　湖におりる浜そのものはなだらかな砂浜になっていたが、堀割の河口はかなり広くなっていて、そこが船つき場になっていた。うしろをふりかえると、浜がぐっと弓なりにまがっていて、そのつきあたりの鼻のあたりからむこうには、湖に張り出した建物がたくさん並んでいて、そちらはあきらかにまだ妓楼や廓のさまざまな商いの家の続きだった。たくさんのあかりがともされ、そのあかりが静かに、ひっそりと寝静まったオロイ湖の水面に降りている。

「もう、そろそろ帰ったほうがいいのだろうな」

グインはつかつかと、その河口の船つき場につないであるたくさんのグーバのほうに歩いていった。暗がりに、目ばかり光らせて、上半身裸に胴のまわりにだけサッシュをまきつけ、たくましい肩をあらわにして、ふくらんだクム・パンツをはいている、ターバンをまいた船頭がにっと笑った。

「お客さん、渡し舟かい？」

「どこまで、渡す？」

「どこまでだって渡すさ、おあしさえ払ってくれりゃあ、ルーアンまでだって、ヘリムまでだって」

「どのくらいかかる」

「どこらへんまで？」

「そうだな、ヘリムなら？」

「いま舟を出しゃあ、明日の朝にゃ、つくさ。いや、ちょっと大型の、グーバックってやつなら、漕ぎ手は金次第で十人までつける。十人で漕げば、日の出前につけるよ。ルーアンだったらまだ暗いうちにつける」

「それが一番早いのか？」

「ああ。かえって、大型の定期便よりはるかに早いさ。人数が少なければグーバのほうがお得だが、早いのはグーバックだと思うね」

「ここにくれば、いつでも待っているのか」

「ああ。いつでもいるよ。大中小どの大きさの舟もとりどり、客を待ってる。客がいなけりゃ、しょうがねえから漁師に逆戻りだが、客がいればいくつでも舟は出せる。どこにゆきたいんだい」

「そうだな、いまのところはまだいいんだが、祭りが終わったらいそいで動きたいのでな」

「だったら、この南ロイチョイの船つき場にくることだね。北タイスの、タイス埠頭がでかいが、でかいので、舟が出るのにいろいろと順番待ちだの、なんだかんだで手続きもいるし、手間がかかる。急ぐやつはみんなここから乗るよ。——それに、タイス埠頭よりこっちのほうが、ひと岬手前にあるから、オロイ湖の南側にゆくには一番都合がいいんだ。タイス埠頭からだと、ルーアンへならともかく、ヘリムへは、いったんロイチョイ岬をまわらなくちゃならないからね」

「なるほど。どのくらいで予約できる？」

「予約なんかいらねえさ。ここにきて、おい、船頭っていやあ、フナムシどもがきそってやってきて、わいわいいうさ。でもって、どんどん値を下げてくるから、うまく待ってりゃ、ずいぶん安くゆけるよ。足元を見られたら、ぼられるがね」

「なるほどな。馬が乗れるようなのはあるか」

「エルハンが乗れるやつだってあるさ。大きさは、定期便みたいな五十人乗りなんてのこそないが、二十人乗りまでなら、よりどりみどりだといってるだろう」

「ふむ。夜でも出すんだな」

「金がかせげるなら、深夜だろうが早朝だろうがまっぴるまだろうがいつだってさ」

「そうか。この波止場が休日になったり、臨時閉鎖になるようなことはないのか？」

「ねえな。タイス埠頭には、舟止めはたまにあるがな。ルーアンから大公閣下がおつきになって、馬車に乗られるまで、身辺をご警護申し上げるために、一ザンのあいだ舟止めになったりすることああある。あと、重要な犯人がタイスから舟で逃げ出そうとしてるということがわかったりしたら、タイス埠頭はとめられるがね。ここらへんまでは、そういうお沙汰は及んだことがない。誰も、いうことをきかねえしな。稼げるとなりゃあ、それこそお上にさからってでも舟を出しちまうし、それに、ここからこっそり出す舟は、ロイチョイ岬のむこうからは見えないからな。むろんルーアンやオロイ湖の北岸にむかうなら、そのうちタイスの沖を通ることになるが、そのころにゃ、舟は沖に出ていて、肉眼じゃ見えねえさ、そうだろう」

「ああ、まったくそうだろうな」

「旦那、その派手な格好は、水神祭りにでも出る芸人衆なんだろう？」

「よくわかるな。そのとおりだ」

「水神祭りの前後ともなると、ルーアンからも大勢船でのりつけてくる。大きな乗合船から、五十人乗り、百人乗りの定期船、てめえのグーバでゆらゆらと時間をかけて渡ってくるのまでな。でもってタイス埠頭はいっぱいになる。そうするとこっちにもおこぼれが来ることはあるが、ま、南ロイチョイの埠頭はいつも本当はこんなもんだ。なんか、うしろぐらいことがあるなら、ここにきたらいいよ。ここの船頭どもは、金さえ出せば地獄までだってゆくからな。そうだろう?」

3

「さて――そろそろ、戻るとするか」

突然にグインが言い出したので、スイランは相当にびっくりした。

「え。もう？」

「もう、といったところでもうとっくに深更をまわっている。もう、廓以外の町々はみな寝静まっているころだぞ。なあ、船頭、ことのついでにききたいのだが、ここからグーバを出して、仲通りのラングート女神のところになるべく近いところへゆくのは無理だな？」

「なんだって。そいつぁ無理ってもんだよ、ラングート女神広場はまったくの内陸じゃないか。ここからなら、西の廓にグーバで乗り付けることは出来るがね。東の廓も内陸だから、ゆかれないよ。西の廓の途中までは堀割が入ってるんだが、その先には、舟ではゆかれない。陸にあがって、歩くっきゃないね。あんたら、タイスははじめてなのか」

「ああ、そうだ。じゃあ、宮殿――紅鶴城へは、どうだろう？　あそこはもっと山の上のようだ、たとえばあそこへむかうこういう堀割の水路なんかはないんだな？」

「地下水路ならね」

たくましい船頭はぺっと唾を堀割に吐いた。

「ま、これも、本当にそうかどうかは、地下水路を通って紅鶴城からオロイ湖まで脱出したやつなんかいたためしがないんだから、わからんがね。少なくとも堀割はけっこう、ロイチョイの中でもわりと湖に近いあたりで終わっているよ。タイスは意外と内陸の都市なんだ。ま、地下には水路があるが、ルーアンみたいに『水の都』ってわけじゃあない。ルーアンときたらそれこそ、どんなすみずみまでもこまかな水路、大きな運河が網の目のようにめぐらされ、どこへゆくにもグーバが一番早い、というような始末だがね。タイスじゃあ、湖水の近くのあたりのほかは、基本的には陸の上だし、水路もそんなに内陸まで通ってはいないから、馬車に乗り換えなくちゃあゆけないよ。残念だったな」

「いや、いいのだ。それによく考えてみたら、馬車を、『馬返し門』のところにおいてあった。あそこに戻らなくてはならぬようだ」

「そりゃあ、こっからだとけっこうあるぜ」

船頭は云った。

「それじゃ、西の廓の手前まで送ってやろう。それで、十五ターでどうだい。それでもずいぶん、近くなるぜ。こっからだとまた、それに、サール通りを抜けなくちゃならん。そうでないとえらい遠回りになるんだ。だが、夜中すぎたサール通りは、その気のねえ野郎がうろうろしてるとなかなか怖いところだよ。気が付いたら、どこぞの男娼窟にひきこまれ、阿片を吸わされ、目がさめてみたら足首を鎖でつながれてる、ってことになりかねねえ」

「そいつは大変なことだな。では乗せてもらうとしよう」

「あんたらは、どこに宿をとってるんだい」

「紅鶴城にいる。いまのところはな。このさきはどうなるかわからんが」

「ああ、じゃあ、あんたが、うわさにきいた、水神祭りのためにタイ・ソン伯爵がわざわざルーエから呼び寄せた、という、豹頭王の出し物をする芸人なんだな。そうだろうと思っていたよ。たいそうでかいな――ちょっと待ってろ、俺のグーバじゃあ、こっちの人もそう小さかあねえから、俺もでけえし、でかい男三人乗せるにはちょっと手狭だ。となりのタンに借りてやろう。おい、タン。お前のグバーノを貸してくれ。損料はいつものとおりでいいな。西桟橋までだ」

「あいよ」

堀割の石垣の下に、ながながと寝そべって、半分眠りこけていた船頭が、首をおこして生返事をした。

「よっしゃ、じゃあ、乗りな、旦那がた。おらあ、ゴーだ。船頭のゴーだよ」

「ゴーか。じゃあ世話になる」

「こいつがグーバとグーバックのちょうどまんなかの、五人から十人くらい乗れるグバーノってやつだ。グーバじゃあ、まあ、普通の大きさの三人が限度なんでな。豹頭の旦那がひとりいたら、基本的にグバーノをと頼んだほうがいいぞ。グーバってやつは、うんと軽く作ってあるから、あまり重たいものをのせると、沈んじまうんだ」

「そいつは大変だ」

重々しくグインは云った。そして、ゴーがとびのって寄せたグバーノに乗り込んだ。

確かに、それは、ちょろちょろと走り回っているミズスマシのような、もうお馴染みのグーバよりはひとまわり大型の小舟だった。それに乗るとゴーはすばやくともづなをとき、棹をとって、堀割の石壁をぐいと押しやって、いかにも馴れきった手さばきで湖上に出た。

「今夜は、ロイチョイにお楽しみの夜遊びにきたってわけなのかい。なんか、いい思いはしたかね」

「いや、あちこち様子見をしているあいだに、もう戻らなくてはならん時間になってしまった」

グインは笑った。グバーノはぐいぐいとたくみに櫓をあやつるゴーのおかげで、みるみる、暗いオロイ湖の湖面に漕ぎだしてゆく。湖岸の廓の建物のあかりが、きらきらと湖面にうつり、また、たくさんつながれている舟々のかんてらのあかりも湖水にゆらゆらとゆれてうつっている。それはなかなか夢幻的な光景であった。

「タイス埠頭は北側にあるのだな」

「ああ、タイス埠頭が、ロイチョイ岬の北、そしてロイチョイ岬をはさんですぐ南に西栈橋がある。もっと引っ込んで、いま舟を出した南栈橋だ。岬といったって、ほんの小さなささやかな鼻だよ。それでもその鼻があるおかげで、タイス埠頭の側のほうがやや波が荒いんだ。南埠頭のあたりはずっとおだやかさ」

「なるほど」

「水神祭りのときには、ロイチョイはどうなるんだい」

スイランが口をはさんだ。

「廓の一帯も祭りに協力するのか」

「そりゃもうたいへんな人出になるし、それに、店という店は協力して、いろいろ出し物をしたり、特別の売り立てをしたり――繁華街のほうへまでも出店をしたり、娼婦どもが着飾りたててパレードをしたりするさ。一番の見ものはサール通りの男娼どもの花行列だがね。みんなここぞと着飾って、山車が出て、輿が出て、そうして紅鶴城の手前にある、タイスで一番大きいサリュトヴァーナ広場で、『当代一番の美人』を決める投票がなされるんだ。本当のタイス一番の美女を決める投票もあるし、一番美人のおかまだの、一番の美少年だのを決める投票もあるんだが、冗談の『一番のヌルル美人』だの、『一番のデムル美人』だのってのもあってね。これまたたいへんな騒ぎだよ」

「デムルっていうのは何なんだ？」

スイランがきいた。

「悪魔のこったね」

ゴーはぎっ、ぎっと櫓をあやつりながらにっと欠けた歯をみせて笑う。

「こいつと寝るくらいならデムルに可愛がられたほうがマシだっていうような、物凄いとんでもねえおかまのなかでも一番物凄いのを『一番のデムル美人』に選ぶのさ。まあ、しゃれだがねえ、タイスのものたちはしゃれがきついのが好きだから、そいつに選ばれたやつはそのあと一年間、売れっ子になったりするから、それに選ばれてもいやがるもんはいないよ」

「な、なるほどな」

スイランは辟易して云った。

「本当に、タイスじゃあ、ルブリウスの快楽もまともなのも、どれもこれも同じように思われているんだな。なかなか、よそからきたものにゃ、理解できない話だが……」

「だがよそでしいたげられてここに逃げ込んできたもんにとっちゃ、ここは夢みたいな天国だと誰でもいうぜ、旦那」

ゴーはギッ、ギッと櫓を押しながら笑った。

「もともと色で苦労してねえやつなら、タイスにゃ来ないだろうしな。とにかくタイスじゃ、どんなすげえ娼婦にも、男娼にもちゃんといつかは客がつくからな。ことに水神祭りのときにゃ、ご祝儀もあるから、お茶をひく娼婦はいねえよ。よそからもひとがくるし、とにかく、水神祭りでタイスで娼婦や男娼を買うと寿命が一年はのびるって、そこまで云われてるからなあ」

「へえっ……」

西桟橋までの距離はまことに短かったので、あっという間にゴーのあやつるグバーノは黒々としずまっている深夜の桟橋に漕ぎ寄せた。ここにも、桟橋の下にずらりとたくさんのグーバやグバーノがもやっていたが、こちらのほうがずっと静かで、もうほとんど眠りについているようにみえたし、桟橋の近くでホイに興じているような船頭たちのすがたも見えなかった。そのかわりに、桟橋のむこうのほうにいくつかの小さな平たくて長い小屋がけのようなものがあって、どうやらそれが船宿になっているらしい。

「さあ、ついた。さかてをちょっとはずんでくれりゃ、なおのこと有難いね。ほんのびた銭で充分だよ」

「なんだって、最初に決めただろう」

スイランがけしきばんだが、グインはとめて、酒手をそえて料金を渡してやったので、ゴーは相好を崩した。

「へえっ、こ、こんなに下さるんで？　こりゃあ、豪気な旦那衆だ。豹の旦那、あんたの出し物が成功するように祈ってますぜ。いつでも、南桟橋にきたら、ゴーを呼んでくださりゃあ、何人でも、出来るかぎりの速さでゆきたいところへお送りしますからね。俺の持ち舟はただのグーバだが、あのへんの船頭どもはみんな相身互いだから、一人だろうが十人だろうが、二十人まではいくらでもどうにでもなりまっせ。お望みとあれば、ヘリムまで一番早く漕いでゆくことだって出来ますからね。オロイ湖の湖上警備隊の船だってあっしら南桟橋のフナムシどもにゃ、かなわねえって日頃からぼやいてますからねえ」

「それは頼もしい。では何かあったら南桟橋のゴーを頼むことにしよう」

グインは云って、悠々と陸にあがった。スイランも続く。

「桟橋にそってあがってって、最初の道がななめに二つにわかれてるからね。右ななめにのぼってる道をとるんだよ。左ななめの道に入ると、まっすぐに西の廓の湖水口につ いてしまう。むろん西の廓に登楼る気ならとめないがね。俺たちゃ、西の廓にゃ用はないね。役人どもに監視されながら何する気なんてねえからな。――右ななめの道をそのままいって、小さな湖水の守り神十二神像が並んでるほこらがあったら、そこをもういっぺん右にまがると、仲通りに戻れる道に入るよ。あとはそのまままいきゃあ、仲通りで、ラングート広場につきあたるから、そこから仲通りを北へ北へ向かやあ、馬返し門はすぐさ」

「すまないな。ゴー」

「とんでもねえ。じゃ、いい夜をお過ごしなせえ。まだまだ夜は長いからね」

ゴーがまた、素早く櫓をあやつって、舟を漕ぎ戻ってゆく。ゴーは陸にあがろうともしなかった。

ちゃぽ、ちゃぽ、という波音と舟の櫓のきしむ音や、そして遠くから湖水を渡ってくるようにきこえる歓楽街のざわめきなどに包まれて、二人の者は、暗い道を歩いていった。このあたりはかなり暗かった——すぐ左手には、これが西の廓らしいとすぐわかる、長々とひとつのとても長い建物が続く建造物があった——たぶん、中ではいくつかにわかれているのかもしれないが、かたわらを歩いて見ているかぎりでは、まるで巨大なへビのように大きな長い長い家がひとつ続いているようにしか見えない。そして、その建物は全体にとても高い塀がずっとめぐらされていて、中のあかりがもれてこない。それで、このあたりは、タイスの名だたる歓楽街ロイチョイだとはとうてい思えぬくらいに暗いのだった。それでも、その高い塀のところどころに、かんてらの街灯がさげられている。それがなかったら、ほとんど道を見失ってしまうくらいだっただろう。

建物は二階建てのようだったが、ところどころ三階建てにもなっていた。そして、長く続く塀は一階の天井くらいまでの高さだったので、二階や三階の窓からはかすかにあかりがもれていたが、それも、なんとなく秘密めかした、中からはしっかりとカーテンがとざされている室からもれてくるあかりにすぎなかった。そして、どういうわけか、そのあかりは、まさに「紅灯の巷」の名を地でいったかのように、どれもほんのりと赤かったので、そのあたりの暗闇を染め上げている光はみんなほのかに赤く、妖しかった。そしてところどころから、かすかなキタラの音色だの、なんとなくなまめかしいささやきが聞こえてくるような気がした。

だが、グインたちの歩いているその塀の外側は真っ暗でまことに淋しかった。いつなんどき、追い剝ぎが登場してもおかしくない、とでもいうくらい暗い。そして人通りもほとんどなかった。

「えらく、静かだねえ、兄貴」

スイランはちょっと唇をふるわせてつぶやいた。

「こんなところで、もし、悪いやつにでも襲われたらどうしよう？　ま、あんたがいるから大丈夫かな……」

「サール通りでデムル美人に襲われるよりはだいぶんマシだと思うぞ、ここで追い剝ぎに襲われるほうがな」

グインは珍しく冗談をいった。

「それにしても西の廓というのはなかなか堅牢に出来ているようだ。このあたりの中はきっと、登楼してしまうとなかなかいろんな手続きだのしきたりだの、古式ゆたかな伝統だのが出来上がっているのに違いないな」

「そういえば、俺たち、あちこちを見物してまわったが、私娼窟だという、東の廓にはいってないね。このあと、そちらにもゆくのかい」

「いや、東の廓はことのほか物騒だと何回もきかされたし、あそこにはとりたてて用はないだろう。このまま、もう馬返し門まで戻って、宮殿に戻って寝ることにしよう。結局、歩きまわっただけで、がっかりしたのではないか、スイラン」

「何をいってんだよ。俺は、何もべつだん、女を買いにきたわけじゃないから大丈夫だよ」

「賭場のほうが、残念だったかな」

「いや、俺はもうばくちはきれいに足を洗ったんだ。って、なにほどはまってたわけでもねえんだがな……えッ？」

「静かに」

ふいに、グインが手をあげてスイランを制したので、スイランははっとなった。

「ど、どう……」

「その先になんとなくひとの気配がする。待ち伏せている、それこそ追い剝ぎかなにかのようだ。それほど大した剣気ではないが——人数は少なくとも五人ほどはいるようだ。気を付けろよ、スイラン」

「な、なんだって。俺にはまだ何も」

言いかけて、スイランはあわてて腰の剣をまさぐった。グインが静かに愛剣のつかに手をかけた。

「誰だ」

どすのきいた声が飛ぶ。とたんに、その、長い塀にそった、竹藪の向こうから、黒い影がいくつかあらわれた。

「カンのいいやつだな」

あざける声がした。

「こんな時間にこんなぶっそうなところを歩いているのだから、相当に酔っているかと思ったが案外に正気らしい。正気なら話が早い、身ぐるみぬいで置いてゆけ。財布とその剣と、それにマントも——え？」

ふいに、ぎょっとしたような声が暗がりでひびいた。

「兄貴、こいつ、なんだか頭が変だぜ」

「頭が変だあ？」

暗がりのなかで目をこらしているだけで、あかりもつけずに待ち伏せていたのだろう。低い声がひびく。

「なんだと。頭のおかしなやつなのか、どうしてそんなことがわかる?」

「そ、そうじゃなくてさ。なんだか、夜目にも——ようすがおかしい。なんだかえらくでっかいやつだが、頭が人間の頭のようじゃねえ……」

「何を馬鹿いってる。おい、サン、あかりをつけろ。一瞬な。気を付けろよ、すぐに消すんだ、廓の自警団に気付かれるからな」

「あいよ」

かちかちと暗闇に火打ち石を打つ音がした。ふいに、ぼうっと、火種でもふりまわしたのか、かすかに暗闇にあかりが生まれる。

とたんに、

「わあっ」

かすかな仰天した悲鳴がいくつか同時におこった。

「な、なんだこいつ。豹頭だぞ」

「豹頭だと。ばかな」

「まるでケイロニアの豹頭王みてえな頭をしてやがる——うわッ、なんだかまるでほんものみてえだ」

「おい、馬鹿いってんじゃねえ。そんな人間がいるわけがねえだろう。ほんものの豹頭王でもあれば格別——おおむねなんか仮面をつけてるか、それとも芸人がそうやって気取ってやがるんだろう。おい、ひるむな。今夜はてんでかせぎがねえんだ。相手は二人きりだ、やっちまえ」

「よしたほうがいい」

グインは忠告した。

「我々は水神祭りの武闘大会によばれている剣闘士だ。お前たちのようなけちな追い剝ぎの手にあう相手ではないぞ」

「んだとう。ふざけやがって。やっちまえ、サン。グル」

「おおッ」

いきなり、暗がりにかすかに銀色に光るものが鞘走った。

「スイラン。右に三人いる。左に三人だ」

「お、おおッ」

「とりあえずかしらだったのも右にいる。俺は右にかかる。お前は左を頼む」

「わ、わかったッ」

「なんだと、生意気な。剣闘士だか知らねえが、たった二人で六人を一度に相手にできるつもりか。それ、やっちまえ」

剣気がほとばしり、いきなり、暗がりから、剣が突き出されてきた。それほどの相手でもない、ただの酔漢のふところねらいのけちな悪党どもだ、ということは一瞬で明らかだったのだ。グインは、身をいれかえざま、相手の剣をはたき落とし、拳で当て身をくわせて倒し、すかさずもうひとりの股間を蹴り上げて悶絶させ、ほとんど同時に、頭かぶらしいやつの一撃をかわしてうしろから手刀で後頭部を打って昏倒させた。それだけ倒すのに、三十タルほどもかからなかっただろう。呼吸ひとつ乱してはいなかった。そのまま、心配そうにスイランをふりかえる。

「スイラン。大丈夫か」

だが、グインは、ふいに夜目のきくその目を細めた。スイランは抜いてはいたが、いかにも確実な足さばきで、素早くひとりを切り倒し、そしてもうひとりとチャリーンと音たてて剣をまじえ、そして二、三回斬り合ったと思うや、あざやかにそいつに峰打ちを食わせた。グインは手出しするのをやめて様子をみていた。もうひとりが、悲鳴をあげて逃げてゆこうとするのを、すばやくスイランは足もとにむかって、拾い上げた仲間のやつの刀の、柄のほうを先にして投げつけた。それに足をからめて倒れるやつにひらりととびのり、馬乗りになる。

「た、助けてくれ」

「誰かに頼まれたのか。俺たちと知って狙ったのか。吐け」

「ち、違う。俺たちゃ、た——ただの酔っぱらい狙いだ。堪忍してくれ。もうしねえ」

「ちッ」

「はなしてやれ！」

グインは笑みを含んで鋭く云った。ことさらに、声にちょっとある響きをもたせたのだ。瞬間、スイランが反応した。

「はッ！」

反射的に、返答が口をついて出た。スイラン自身が瞬間、ぎくっとしたように暗闇をすかし見た。グインは、故意に、声に、いかにも命令し馴れた指揮官の威厳のひびきを持たせたのだ。

（間違いない）

グインはひそかににやりとした。

（いまの返事——それにこの剣さばき。……こいつは、傭兵じゃない。長年にわたって恐しく鍛えあげられた、どこかのきわめて強い騎士団の幹部級の騎士だ）

こんな剣さばきをするやつが、ただの酔いどれの傭兵であってたまるものか、と思わせるだけの、鍛え抜いた身のこなしだったし、みごとな剣さばきだった。グインはほうほうのていでいのちからがら、助かった一人が逃げてゆくのを見送って、なにごともなかったかのように歩き出した。

「あ、兄貴」

なんとなくうろたえたようにスイランが云う。その口調が、ひどくあわてたようすだった。

「け、怪我はなかったかい。いきなりのことで、び、びっくりしたな」

「そうか？　スイラン」

グインはうすく笑った。

「それほど驚いたようにも見えなかったがな。それに、みごとな剣さばきじゃないか。この分なら、明日の試合とやらも充分つとまりそうだ。ちょっとした、腕ならしになったな」

「とんでもない」

スイランは暗がりで、ぼそぼそと云った。

「俺はつい、一人斬って殺生しちまった。──兄貴は、三人とも、気絶させたんだな。しかもほとんど一瞬だった。すげえもんだなあ。いったいそれのどこが、擬闘なんだ」

「全部、擬闘で鍛えただけだぞ、スイラン」

グインは笑った。

「何をいってるんだか……俺の目を節穴だとでも」

スイランの声が小さくなった。グインがよほど注意していなかったら、きこえぬほどの声であった。

「なんていう戦士なんだ。こんな戦士はいまだかつて、一人も見たことがない。いや——一人、もしかしたら匹敵するか、というやつは知らないわけじゃないが——それでもたぶんあんたが楽々と勝つ。……すごい。俺はあんたとだけは何があっても戦いたくない」

「何をぶつぶついってる、スイラン？」

グインは云った。スイランはびくっと身をふるわせた。

「怪我がなかったらよかった。こんなことがたくさんあるんだったら、やっぱり、このあたりはずいぶんと物騒なんだな。とっとと宮殿に帰って寝たほうがよさそうだ」

「ああ」

グインは低く笑いながら答えた。スイランはいかがわしげに、暗がりをすかしてグインの顔を見ようとしたが、どちらにせよグインの顔が見えても、何の表情もそこには見てとることは不可能だっただろう。

かれらはそのあとはもう、ほとんどことばもかわさぬままに出来るかぎりの早足で歩いて、ゴーに教えてもらったとおりに、つきあたった十二神像のほこらからまがり、そして光あかるい仲通りに戻っていった。まだまったく、眠ることなど忘れてしまっているかのような仲通りを、またさまざまな客引きを追い払いながら通り抜け、そして、馬返し門まで戻ってきたときには、グインは知らず、スイランのほうはかなりほっとしたようすだった。馬も馬車も御者もちゃんとそこに待っていて、グインたちを見るといそいで御者が馬を馬車につないだ。

「お帰りなさいまし」

御者がいささかにやにやしながら云った。

「たんと、いい思いをなさいましたか。危ない目になどはおあいにならなかったでしょうね？」

「ああ、とても楽しませてもらった」

グインが素知らぬ顔で答えるのを、スイランはそっとよこ目で見守っていた。

「ここはとても楽しいところだ。ぜひともまた滞在中にきたいものだ。な、スイラン」

4

「どうだ？　よく眠れたか？」

その、翌朝であった。

あの、あやしく紅灯がゆらめくロイチョイの深い夜闇など、どこかに消え去ったかのように、紅鶴城の午前中のパティオにはさんさんと陽光がふりそそいでいる。

こんど、かれら――グインとリギアとスイランとが案内されたのは、タイス伯爵タイ・ソン閣下が遅い朝食をとっている最中の、奥庭のパティオであった。マリウスはとうとう一夜戻ってこなかったのだが、朝の光がもうかなり高くなるころになってからようやく戻ってきて、そして、なんだか疲れはてたようすで、かなり酩酊してもいて、そのままむにゃむにゃといって寝床に倒れ込んでぐっすりと寝入ってしまったのだ。フロリーとスーティもお召し出しはなかったので、あとのマリウスの世話などはフロリーにまかせることにして、召し出された三人の戦士役のほうは、朝食を運んできたり、湯浴みをすすめたりしてまめまめしく世話をやいてくれたキム・ヨンと、マイ・ランの二人の小姓に案内されて、剣はもたぬまま、いまひとたび、タイ・ソン伯爵の御前にまかり出たのだった。

それはたいそう天井の高い、そしてまわりにはゆたかな妙にクムらしいあやしい木々が生い茂っている、庭園のまんなかにあるパティオであった。まわりに何本もの柱をめぐらし、そして、その上には、石ではなくかろやかなクムヤシの長い葉をあんで作った籐の屋根がさしかけられている。そのパティオのまんなかに、白い玉石で作ったベンチだの、背中が大きく丸くクジャクの羽根のようにひろがっている籐の椅子だのがおかれ、そしてあちこちに、飾りものの、鼻づらが大きく上をむいているのが愛嬌のある石の獅子像だの、龍の像だのが飾られている。

さわやかな風が吹き渡るこのパティオのなかに、伯爵は何人もの美しい小姓たちをまた肌もあらわな格好ではべらせ、そして悠々と、巨大な水晶のテーブルの上にところせましと並べられた料理で、遅い朝食をとりながらの謁見にかれらを招いたのだった。もう、世の常の勤勉な庶民であれば、早い昼食になっているような時間だったのであるが。

「この宮殿の滞在ごこちは如何かな。何か不自由なものはないか？」

「いえ、たいへんよくしていただいて、いたれりつくせりのおもてなしを頂戴いたし、一同のもの、とても感激いたしております」

リギアがうやうやしくお礼を申し述べた。伯爵は満足そうであった。

伯爵の朝食、というのは、とうてい朝食とは呼びがたいような、たいそう豪勢なものであった——肉料理や魚料理、それに麵だのパンだの、粉ものだのがふんだんにとりそろえられ、甘いものも果物も乾果も山のようにあった上に、当然の如くに酒も運ばれていた。伯爵は、それを、じだらくに、きのうよりはだいぶ普段着らしいきれいだが軽そうな生地で作られた、かたちはきのうのと同じトーガに身をつつんで籐のディヴァンの上にだらしなく身をのばし、あれの次はこれを、などと指さしたり、口でいったりして、はんべる小姓たちにそれをとらせては口もとまで運ばせていたのである。まわりにいるのは十人ばかりの小姓たちばかりであった——そのかわり、パティオの入口だの、妙に東方というより南国めいた木々や花々のあいだだの、石づくりの獅子像のあいだだのには、衛兵が槍を片手にして立って、伯爵の身辺を護衛していたのだが。

「さしむけた小姓どもはいかがであった。なかなか気のきいた、その上可愛い子ばかりだっただろう。あれらは、わしもとても可愛がっておる、なかなかに気に入りの小姓どもなのだよ」

「はあ——身にあまるご厚遇をいただき……恐悦至極……」

「どちらが、どちらを抱いて寝たのだ？　ま、それほど、気にすることもないが。なんなら今夜は取り替えたらよい。どうだった？　どっちが気に入ったのだ、グンド？」

「いや、その」

　グインはちょっと当惑したが、それから、首をふった。

「まことに申し訳なき仕儀ながら、昨夜はついつい、御寵愛のお小姓たちには淋しい思いをさせることとなりまして……実は、われらはちょっと、ロイチョイへ出かけてしまいまして」

「おお」

　だが、それをきくなり、伯爵は相好を崩した。

「なんと、ロイチョイへいってきたのか。どのあたりへ参った」

「あちこち、いろいろと、まずは初日ゆえ、名高いロイチョイの探索などを。――仲通りを歩いていろいろとうまいものを食べたり、それからサール通りを《通り抜け》とやらをこころみたり……さいごには南の廓へ……」

「なんと、サール通りへ参ったのか。そのほうらは、そういう趣味か」

　また、伯爵が嬉しそうに云った。

「実は、わしもだ。いや、心配せんでいいぞ。わしは、たくましい男に可愛がられるような趣味などはない。わしはもっぱら、可愛い少年をめでるほうだ。だが、そのほうらがサール通りにいったときくとなかなかに心なごむものがあるぞ」

「こ、これは恐れ入り……」

「誰か、よい敵娼《あいかた》は見つかったか？」

「いや、それが……まだ、どの店がよいのかもよくわからず——結局、迷いに迷ってなかなか決められぬまま、南の廓へついつい博奕のほうにひかれてしまいまして」

「なるほど。まあ焦ることはない。ならば、こんどは、サール通りにたいそう詳しい部下もおるゆえ、その者らを召しだして、いろいろとお前たちが話をきけるよう、お前たちのもとにつかわそう。——実は、わしも、かねがねサール通りにはいたく興味を持っておってな。一、二回はいったことがないわけでもないのだが、なかなか、行きづらいところでな。わしのような立場だと、なかなか思うようにあそぶことも出来かねるのが辛いところだ」

「それは、まことに……」

「そうか、だがそれはなかなか活動的なことだったな。お前らはなかなかに、このタイスにあっているらしい。……うまいものは食ったか？　何がうまかった？」

「はあ、あの、ヒツジの串焼きだの、貝の焼いたのだのをいただきましたが、まことに美味でございました」

スイランが答えた。

「はちみつ酒を麦酒で割った、ロイチョイ割りという酒も飲みました。これがまた強いのなんの」

「おお、うわさにはきいておるし、わしも宮殿でやらせてみたこともあるがな。しかしどうも違うらしい。あれは、もっと下司なところで下司な酒をまぜあわせたものを飲まぬと、なかなかにその本来の風情が出ないらしいな。わしも、どうも、せめてお忍びでロイチョイにいって本来のその風味をさまざまに楽しみたいものとずっと念願しておるのだが、なかなか、立場上そうもゆかぬ。——ロイチョイのものたちをここだの、ちょっとはなれたところに、かわいらしい離宮があるのでな、そこに連れていって、小ロイチョイを作らせてみたりしたこともあるのだが、やはり、あの猥雑な雰囲気というものは、本当にあそこにゆかねば味わえぬようだ。これがなかなか残念だ——タイス伯爵、などという身分に生まれついてしまったばかりに、ロイチョイの快楽を味わえぬ、というのはな。最大の痛恨事だと云わねばならぬよ、実際な」

そのように話していれば、タイ・ソン伯爵は、まことに好人物にも見えたし、快活で気さくな、あそび好き、快楽好き、享楽好きの楽しい『話せる』貴族のようにも見えた。だが、そのタイ・ソン伯爵が、きのう、まったく顔色ひとつかえずに、歌を三回間違えたむすめを生きながら、恐しい人食いのワニ、ガヴィーのいる堀に投げ落とさせたのだ、ということは、忘れてはならぬ——と、かれらはひそかにそっと目と目を見交わしていた。

「まあ、だが、それはもうそれでしかたのないことでな。……それよりも、こののち、お前たちがロイチョイで楽しんできてくれれば、その話を語ってもらってわしもせいぜいそのかおりを味わうことにしよう。――だが、そう気の毒がってもらうこともいらぬ、わしはわしで、とてもとても楽しい一夜を過ごしていたぞ。お前たちの座長どのとな。いや、本当に美しい声だし、美しい顔だし、たいへんに、なんというか、ひとをたのしませることにたけた芸人だな。あのようになまめかしい吟遊詩人は、まったくはじめてだ――いや、吟遊詩人はたくさんこの快楽の都を訪れるのだがな。あのように美しいものはそういないし、美しいものというのはどういうわけか、たいてい歌があまりうまくなくてな。歌のうまいものはどうも見た目がうるわしくない。お前たちの座長どのは、すべてそろっている。まことに素晴しい」

リギアは、下をむいたまま、なるべく内心をうっかりのぞかせてしまわぬように気を付けていた。スイランはそっとよこ目でグインをみたが、グインはまさに動かざること山のごとし、といった風情であった。

「これから当分、彼にたくさんの歌を歌ってきかせてもらうことにしよう。ただひとつの問題は、あまりに彼が素晴しいので、水神祭りがすんでからも、わしが、彼を手放したくなくなってしまうかもしれぬ、ということだな。――そうしたら、まあ、だが、そのときのことで、お前たちにはあたらしい座長を捜してもらうか、それとも、お前たちも、どうせあの下手な芝居ではいたしかたもあるまいから、一座は解散してはどうだ。そうして、タイス伯爵おかかえの剣闘士三人として、あらたにちゃんと定住できるすまいもあたえ、それなりの俸禄もやろう。が、まあ、これはまだ当分――お前たちがどこまでやるかを確かめてからの話ということになるので、まだすっかりはその気になってしまわぬことだ。わしは――」

タイ・ソン伯爵の細いつりあがった目が、一瞬、ぎらりと奇妙なほど酷薄な光をたたえた。

「わしは、弱い剣闘士には我慢がならぬのだ」

伯爵は強く言った。そして、小姓が口もとにさしつけた大きな骨つき肉に獰猛にがぶりとかじりついた。

「ことに、おのれがかかえている剣闘士が、ひとのそれより弱かったりしたら、それはもうわしの自尊心はズタズタだ。勘弁ならん――わしは、負ける剣闘士には用がない。用がないだけではない。地下水路に突き落として永劫の責め苦を見せるだけでさえまだ足りぬ。さかさづりにして鼻からも目からも、体中の穴という穴からすべて血を吹き出して苦悶のうちに死なせても、ゆっくりと牛に四方へ引き裂かせて八つ裂きにしてもまだ飽き足らぬほどの気がする。そもそも、わしは、おのれのお抱えの剣闘士に多額の賞金をかけるのだからな。その剣闘士が敗れるということは、たいへんな大損をする、ということでもある。――わしはな、お前たち、本当はとてもばくちが好きなのだが、むろん南の廓へなどゆけぬ。かれらは――かれらというのは、南ロイチョイのたくさんの勧進元どものことだが、かれらはみな、このわしを一番根本の胴元として、あがりの一部を上納するのだからな。——そのわしが、かれらの賭場で負けたりしたら、せっかくの金をかえしてやっているようなものじゃないか？　おお、とんでもないことだ！」

「……」

さすがにこれにはなんといって答えてよいかわからなかった。かれらは三人とも、丁重に頭をさげただけで、その上を嵐が早く無事に通り過ぎていってくれればいいが、と願う植物のように静かにしていた。

だが、タイ・ソン伯爵はそんなことにはまるでかまわぬようであった。むしろ、伯爵は、おのれのことばにうっとりしているようで、それを聞いているいやしいしもじもの芸人の反応など、まったく気にしてさえいなかったのだ。

「だが、ばくちはとても好きだがな、お前たち、わしが好きなのは『ばくちで勝つこと』であり、『必ず勝つ博奕』なのだよ。それ以外では——駄目だ、駄目だ、とんでもない！　わしは必ず勝たねばならぬ。なぜならわしはタイス伯爵タイ・ソン閣下なのだからな！　わしは決して敗れることがあってはならぬのだ。わしは、つねに、神のごとく偉大でなくてはならぬ。わしはタイスに君臨しているのだからな。そうだろう」

「は……あ……」

「ま、そのようなわけで、わしは弱い剣闘士と負ける剣闘士には容赦はせぬ。勝っているあいだは、それこそわしのもっとも可愛がっている小姓をでも惜しみなく抱かせ、欲しい食べ物飲み物、着るものでもなんでもあたえ、からだを専門のそれは腕のよい訓練士につけて磨かせ、鍛えさせ、洗い上げさせ、贅沢のかぎりを尽くさせてやる。勝ってわしに賞金を稼がせてくれればくれるほど、わしの愛情はいや増すだろうよ。——だが、ひとたび負けてわしに恥をかかせ、わしに損害をかけたとなったら——それこそもう、容赦はならぬ」

ぎらり、とタイ・ソン伯爵の目が光った。

「そのときこそ、思い知らせてやるときだ。——わしは、いつも、そういう愚か者の恥知らずを思い知らせるための方法をいろいろと考えているのだよ。そのときには本当に、わしは天才ではないかと思うほどあとからあとから、えげつない方法が頭のなかに浮かんできて、うっとりすることがある。——これまでにどんな傑作な方法で、わしが、情けない敗北をさらしてわしにはじをかかせ、大損害をかけた馬鹿どもを始末して腹癒せをしたか、知りたいかね？」

「い、いえ……結構でございます」

あわててリギアが云った。

「あまりおそろしいお話をうかがいましては、からだがふるえて、思うように動かなくなってしまいかねませぬゆえ……」

「は、はっははは」

タイ・ソン伯爵は大笑いした。目のなかに、ふいに、狂気にも似た光がきらめいた。

「まあ、いやでも、そのうち聞かせてやることになるさ。——もっとも、勝ち続けているうちは別だがな。それはそうと、わしはこのほどの水神祭りについてはことのほか、賭けているのだ。今度の水神祭りはぜひとも成功させたい。いや、大成功をおさめたい。——わしにとっての水神祭りの大成功とはすなわち、大評判をとることと、大勢の客が来てたいへんな金をおとしてくれることでな——そうしてもうひとつ、わしの剣闘士が、水神献納の武闘大会ですべての勝ちをおさめてくれることだ。——これはもう、長年のきまりごとで、だが、武闘はいくつもの種類があるのだが、ひとりの小屋主——というのだがな、小屋主からは、ひと種類についてはひとりの選手しか出せぬ。したがって、どの種類の武闘にどの選手を出すか、ということが、小屋主にとってはたいへんな問題になる。——馬上槍の部、剣闘の部、素手格闘の部、一対大勢の部、弓術の部、特殊武器の部、それから……たくさんあるぞ。そしてそれらすべての女子の部」

「………」

「それで、水神祭りの前には、わしら小屋主はみな、いい武闘士を探すために血眼になる。よい武闘士がすべてを決定するからな。栄誉も金も、そして評判も。——わしももう、むろんかなり大勢選手をかかえていて、なかにはむろん優勝確実というものも、これまで何年間もその部で勝ち抜いてきた歴代の王位保持者であるものも、いろいろなものがいる。――だが、ひとつだけ、どうしても……これまで、わしが、獲得することの出来ぬ王座があったのだよ」

「……」

それは、何なのか――ときくことが、何か、確実にしかけられたワナに自らおちることになりそうな、そんな声のひびきだった。伯爵は、世にも妖しい微笑をうかべて、まっすぐにグインを見た。

「何かわかるか。――それがすなわち、クムじゅうのすべての武闘大会のなかで花形とされ、もっとも人気ある競技であり、もっとも多額の賞金が乱れ飛ぶ――『一対一大剣剣闘の部』なのだよ」

「……」

「なぜ、わしがこれほどたくさんの素晴しい選手をかかえ、たくさんの部の王座を得ているのにその部門に限ってどうしても勝者たることが出来ぬか――なぜかわかるか」

「……」

「実に、簡単なことだ。……この、花形部門の王者の座は、なんと過去の二十年にもわたって――ルーアンのガンダルのものなのだよ。――大公おんみずからが小屋主としてかかえられる、名誉あるクムの武将でもあるクム最大の英雄、ガンダルのものであるからなのだ」

「……」

「これまで、いったい何人の剣闘士を鍛え上げ、そしてこの部門に送り込んできたことだろう。だが、ひとりとして、ガンダルにかなうものはおらなんだ。当然だな――ガンダルほどの戦士はかつてクムの歴史に見たこともない。彼は不世出の剣士であり、素晴しい戦士であり、最高の剣闘士だ。……だが、ガンダルも老いてきた。もう、あと十年はその王者の座を維持することは出来ぬだろうと云われたのがすでに五年前のことだ。そのときの王座防衛はなかなか必死だったものだ。――だが、王者の誇りにかけてガンダルは勝ったよ。わしの送り込んだタルーアンの戦士にな。……ありったけの財力にものをいわせて探し出した戦士だったが。体格だけなら、ガンダルにまさっていたのだが。――老巧な腕前に勝つことは出来なかった。だが、よく戦ってくれたので、わしは、彼には、きわめて栄誉ある死をあたえてやったよ――毒の杯をとらせ、タイスの市民たちの見守る前で、栄光と苦痛と称賛のうちに死んでゆくことを可能にしてやったのだ。あれはだが、惜しいことをしたかなとは思った。あとで考えれば、ガンダルにこそかなわなくとも、ほかのすべての分野では勝てたやつだったのだ。次の年まで生かしておき、別の部門で王者にしておいて、そうしながらガンダルがさらに老いるのを待っておればよかった。だがあのときには、あまりに逆上してしまったのでな。――そしてまた、わしの名誉があまりにそこなわれたと感じたので、生かしておくことがとうてい耐えられなかった。惜しいことをした」

「………」

グインたちは思わずこっそりとまた、目と目を見交わした。だが、むろん、あえてなにも云おうとはしなかった。

「しかし、確かにもうガンダルは老いている。というか、やはり来年はもう無理かもしれぬ。それで、ガンダルはそろそろ引退を考えている、といううわさがきこえてきている。ガンダルが引退してしまうと、だが、各地の武闘大会は、ルーアンのもタイスのも、ガンダルが引退したらさぞかし花形を失ってどっとさびれてしまうことだろう。ことに、花形中の花形競技であった『一対一大剣』が、ガンダルのあとをうける英雄がいなくなってしまったら――それを考えただけでも、わしは目の前が真っ暗になる。明日から何を楽しみに生きていったらいいのだ、という気持になる」

「………」

またまた、かれらはこっそりと目を見交わした。話が、だんだん、核心にむかうと同時に、相当に危険な方向に近づいてきた、という直感が、しきりとかれらを刺激していたのだ。

「だが――わしは見出した。ついに見出した――と思う。いや、まだわからぬ――お前もわしを失望させるかもしれぬ。あのタルーアンのサバスのときにもそう思った。あやつは本当にわしを――ずっと喜ばせ、そうしてさいごの一番の脚光をあびなくてはならぬ瞬間に裏切りおった。許せぬ」

「……」

「だから、とりあえず――まずは試してみることにする。グンド」

「――はあ……」

「わしが食事がすんだら、わしとともに来い。むろん他の二人もだ。わしの飼っている剣闘士どもがすでにわしの《小屋》で待ちかまえている。その者らと戦ってみせてくれるがいい。もしわしの思い通りにお前が強いのだったら――そのときこそわしは、ついに念願の、ガンダルを超える剣闘士を手にいれたことになる。……そうしたら、どれほど大事にしてやっても、してやりすぎたということはないぞ。それこそ、わしのむすめをくれてやってもよいくらいだ――上のは駄目だ、上のはあてがあるからな。だが、顔は正直いって下のほうがまだ見られる。いやいや、むろんそんなものではなく、欲しいかぎりの金銀を支払ってもやろう。ありったけの後宮の美男美女をあてがってもやろう。錦の布団に寝かせ、絹づくめの生活を送らせてやる。――そのために、ただ、おのれがどれだけ強いかわしの目の前に証明してみせろ。いますぐにだ。……おお、わしの食事がすんだらな。それから、その女騎士」

タイ・ソン伯爵の指さきが、まっすぐにリギアをめがけた。

「お前もなかなかいい。お前は、女剣闘士の『一対一平剣部門』に出られるかどうか、わしの女剣闘士どもと戦ってみろ。正直いって、女剣闘士の人気というのは、きれいかどうか、いいからだかどうか、いいおっぱいかどうかというのもとても大きいのでな。女剣闘士の勝負はたいへんな金が動いて、とても商売になる。――お前はなかなかの美人だし、乳もよい。あとは腕前が証明されれば、これまたわしにはとても金になる、大事にしてやるぞ。――そして、そちらの悪役は……」

伯爵の指さきが、こんどはスイランを指さす。スイランはひゃっとばかりに首をすくめた。

「お前は、何が得意だ？　部門の一覧表をやるから、何をやれば勝ち抜けそうか考えておけ。そうして、それで勝ち抜いてみせろ。十人抜きが出来たら、少なくとも優勝候補の一角には食い込めるだろう。そうしたら、お前とてもそれなりにいい暮らしが出来るぞ。これは楽しみだ――三人が三人とももしもそれなりな成績をおさめてくれたら、今度の水神祭りの武闘大会はこのタイスのタイ・ソン伯爵のものだ。だが、今回は、ガンダルが最後の試合になるかもしれぬというので、タリク大公――ガンダルの《小屋主》のタリク大公閣下もいたく力が入っておられてな。むろん水神祭りにはおいでになる。――その前で、わしに恥をかかせるようなら、これはもう、一回ならず三回、いや十回惨殺してもおっつかぬほどの怒りにふれることになるぞ。――だがまずは腕試しだ。グンド」

伯爵の指さきが、さいごに、グインの分厚い胸をまっすぐに指さした。

「お前がどれだけ強いか、いますぐ確かめずにはとてもいたたまれぬ。さあ、行くのだ。競技場へゆこう――そして、お前の強さを証明してみせよ。相手になる剣闘士は、何百人でもおるぞ！」

あとがき

栗本薫です。お待たせいたしました。ということで第百十巻「快楽の都」をお届けいたします。

いやーなにげに凄いタイトルですね（笑）いや、まあべつだんそうすごくはないのかもしれないけど、グインのタイトル群のなかにまじってると「なんだそりゃあ？」って気分になりますねえ。

ずっとこのところグイン一行の「旅日記」が続いております。前巻百九巻の「豹頭王の挑戦」がなかなかご好評をいただきまして、「楽しかった」「大当たり！」「絶対見たい」「こんな出し物見せろ」などというお声を頂戴した上に、三、四巻ぶりに全国各書店さんの一位をいただけたのも、とっても嬉しかったんですが、なにせ「ダ・ヴィンチ・コード」の王座が長かったですからね（^.^）その前は「博士の愛した数式」が長いこと頑張ってたし、まあべつだんそれは、こういっちゃ何ですが私にとっては一種の「ご褒美」みたいなもので、それを目当てに何か書いたりしているわけでは全然ないわけなんですが、それでも「一位」って言うのは励みになるもので、その文字をみると、「ああ、また頑張ろう」っていう気持にもなるという――なんて、なんかすごいゼイタクなこと云ってますね。ひとと生まれて作家に、まず「なりたい」と思ってなれる方、ってのも限られてるのに、作家となって生涯一回でも一瞬でもベストセラーに顔を出したい、と思われるかたも多いでしょうに、年六回ベストセラーに必ず顔出させてもらって「今回は上に超ヒットがいたから一位が取れない」と文句いってる、っていうのは……でもまあ、そもそも「百十巻をお送りします」っていうことばそのものがかなりとてつもないわけですから(笑)とりあえずは、まあ、そのくらいは勘弁してもらおうかな、と思ったりするわけですが……

しかし、今回はついにグイン一行、クムの「快楽の都」タイスに到着したわけです。このタイスもねえ、話のなかにはいろいろ出てきていましたので、かねがね「いったいどんなとこなんだろう」っていうのは、私のほうもなかなか気になっていましたが、いつどこが話の舞台になるか、というようなことははっきりいって私ではわかりません。お話の神様に教えてもらわないとどうにもならないわけで――でもそれがこうやって流れのうらに自然にそこにいってみられることになって、ひとつ望みがかなった、っていうか、今回ってほとんど「タイス観光案内篇」になっておりますね。それを「話がなかなか先へゆかないじゃないか」ともどかしく思われるか、それともこういうふうにしてあちこち寄り道しながら悠々と流れてゆくのがこのお話だ、と思って下さるか——私はやっぱり、ときとして、思わず足をとめてまわりの風景を見回してしまう、というようなこともありたいなあ、と思ったりするんですけれどもね。というか、私は、好きですね。「見知らぬ場所の光景」をことこまかに書き込んで、そこが、これまで知らなかったところが、生き生きと目の前にたちのぼってくる、ということが。

これを書いている時点でもう一応百十二巻まで脱稿してますが、実は百十二巻を書きながら私、こういうとあれですが一人で「血わき肉踊って」おりました。こういってはますますあれですが（笑）「うああ、なんてこの話を書くのは面白くて楽しいんだろう」って一人でもだえておりました。もっと正直にいえば、「なんて面白いお話だろう」って、書きうつしながらむさぼり読んで熱中しているような気分でした。だからって百十巻がキライだってわけじゃない、これを書いているときにはタイスの風物にすっかり自分も目を丸くしていたのですが、なんかね、云いたかったことはそれではなくて、「ああ、百十巻も書いてきて、それでもなお、こんなに面白くてたまらないと思えるって、なんという幸せなことなんだろう」っていうことを云いたかったのですね。

この世にはたくさんの作家さんがおいでになります。でもって、皆さん締め切りが辛くて苦しいんでしょうか。よく締め切りの苦労話とかうかがいます。いまこの時点で私にも苦労話はあるんですけどね、この百十巻の著者校をしていたら、読みたくなったので百十二巻を読み返してしまって、そうしたら先が書きたくて書きたくてたまらなくなってしまって、ところがいま、実は大正浪漫を書き下ろしている最中なんですね。この大正浪漫不運なやつでこの前にも、その百十二巻に邪魔されてしまったので、何がどうあってもこんどは書き上げてやらなくてはいけないんですけど、うっかり読んでしまったもんだから、うわあーっと頭がグィンになっちゃって、しまった、大変だってことになってしまいました。この大正浪漫を書いたらこんどは伊集院大介の今年の二本目を何とかして、九月いっぱいって云われてるんだけどそれはとても無理ですから十月半ば目処に書き上げなくちゃいけないのですが、出来ることならそのあいだをぬって夢幻戦記の十六巻を書かなくちゃいけないのです。どれもやりたくてやってる仕事には違いありません。どれも、書きたくてたまらないのは同じことです。だのに、それにもまして強烈にグィンが書きたい。それだけでもあるに、「東京サーガ」がこの三年以上ずっと私を誘惑している、という——あっちからもこっちからも呼ばれているみたいな気分で、なんとなく、このままあっちの世界にいっちゃって帰れなくなるんじゃないか、っていう思いが、私、このところだんだんつのってきているのですが、「それでもいいか」っていう気持もだんだんつのってきてしまいました。

結局のところ、私はただ単にお話を書くのが「好きで好きでたまらない」だけの人間なのですね。本当にただそれだけなんだと思います。いまにして思えば、それについていろいろなこと云われたりそれに怒ったり落ち込んだり、そういうのがなんかすごく遠い昔のことに思われてきてしまった。そういうこともあったけど、それと私のこのお話を書くのが好きで好きでたまらない気持ってのは何の関係もなかったなあ、とあらためてこのごろしみいるように思っています。誰かが読んでくれるからでもなく、締め切りがあるからでもなく好きでたまらないことをやっていられる、っていうのは、人生のなかで、最大の祝福ではないでしょうか。それを百十回もやって、まだ百回もやりたいな、と思っていられる人間というのは、とてつもなく幸せな狂人なのかもしれませんが、それでいいんじゃないか、と思っています。

バーティカルさんに出していただいてる、英語版、フランス語版、ドイツ語版、イタリア語版、ロシア語版のグインもじりじりと巻数を重ねてきておりますし、アニメ化の計画も着々と進んでいます。そしてこんどは「栗本薫のムック」で、グイン本篇と伊集院大介「優しい密室」と「夢幻戦記」の三本立てをマンガにして出してくれるという企画もこの本がお手元に届くころには皆様のお目にかかっていると思います。いろいろここにきて、いろいろな二次創作というか、そういうものをやって下さるかたたちもそのようにあらわれてきて下さっていまして、それもすごく嬉しいし、どれも楽しみだ、というのも以前に比べるとかなり気持が変わったものだなと思いますが、それはたぶん、前よりももっと、「お話を書くだけの人間」になったからなんだろうなあ、と思ったりします。まあ、このままどこまで書いてゆけるのかわかりませんが、二百巻を越えたらもう、こういうことさえあえて云わなくなって、それこそアグリッパみたいになってるんですかねえ。それもいかがなものかとは思いますけれども。まあでも後十年たったら、もっと完全に仙人化して羽化登仙してしまっても、それはそれでいい年にはなってるのかもしれませんね。最近なんとなく、いろんなことが——小説以外のいろんなことがすごくどうでもよくなってしまった感じがします。

とりあえずでも、このタイスって町は私はけっこう生き生きしていて好きです。なんとなく吉原と新宿二丁目と雄琴と(爆)渋谷と歌舞伎町と祇園をあわせたみたいな町やなあ、と思ったりしますが、ここに生まれたらそれはそれでけっこう楽しそうですよね。そのなかで目を白黒させてる堅物グイン、ってのもなかなか愛嬌があって、私としては好きですけどね。これまで出てきたことのない場所にゆかれて、とても楽しかった一巻です。外伝のフェラーラだの、キタイのホータンだの、名前だけ出てきていた見果てぬ都市へもずいぶんと歴訪してきました。おりから夏休みも終わりましたが、グインたちと一緒に、水の都、快楽の都のツアーのいっときを楽しんでいただければ、とても幸いです。

恒例の読者プレゼントは、森田久子様、玉木よしえ様、秋山宏子様の三名様に決定させていただきます。

ではまた百十一巻でお目にかかりましょう。百十一巻では何がおこるのでしょうか?

二〇〇六年九月五日(火)

神楽坂倶楽部 URL
http://homepage2.nifty.com/kaguraclub/

天狼星通信オンライン URL
http://homepage3.nifty.com/tenro

「天狼叢書」「浪漫之友」などの同人誌通販のお知らせを含む
天狼プロダクションの最新情報は「天狼星通信オンライン」で
ご案内しています。
情報を郵送でご希望のかたは、返送先を記入し80円切手を貼
った返信用封筒を同封してお問い合せください。
（受付締切などはございません）

〒108-0014　東京都港区芝4-4-10　ハタノビル B1F
（株）天狼プロダクション「情報案内」係

星雲賞受賞作

今はもういないあたしへ…
新井素子
悪夢に悩まされつづける少女を描いた表題作と、星雲賞受賞作「ネプチューン」を収録。

ハイブリッド・チャイルド
大原まり子
軍を脱走し変形をくりかえしながら逃亡する宇宙戦闘用生体機械を描く幻想的ハードSF

永遠の森 博物館惑星
菅 浩江
地球衛星軌道上に浮ぶ博物館。学芸員たちが鑑定するのは、美術品に残された人々の想い

太陽の簒奪者《さんだつしゃ》
野尻抱介
太陽をとりまくリングは人類滅亡の予兆か？星雲賞を受賞した新世紀ハードSFの金字塔

銀河帝国の弘法も筆の誤り
田中啓文
人類数千年の営為が水泡に帰すおぞましくも愉快な遠未来の日常と神話。異色作5篇収録

ハヤカワ文庫

星雲賞受賞作

ダーティペアの大冒険
高千穂 遙

銀河系最強の美少女二人が巻き起こす大活躍大騒動を描いたビジュアル系スペースオペラ

ダーティペアの大逆転
高千穂 遙

鉱業惑星での事件調査のために派遣されたダーティペアがたどりついた意外な真相とは？

上弦の月を喰べる獅子上下
夢枕 獏

仏教の宇宙観をもとに進化と宇宙の謎を解き明かした空前絶後の物語。日本SF大賞受賞

プリズム
神林長平

社会のすべてを管理する浮遊都市制御体に認識されない少年が一人だけいた。連作短篇集

敵は海賊・A級の敵
神林長平

宇宙キャラバン消滅事件を追うラテルチームの前に、野生化したコンピュータが現われる

著者略歴　早稲田大学文学部卒
作家　著書『さらしなにっき』
『あなたとワルツを踊りたい』
『パロへの長い道』『豹頭王の挑戦』（以上早川書房刊）他多数

HM=Hayakawa Mystery
SF=Science Fiction
JA=Japanese Author
NV=Novel
NF=Nonfiction
FT=Fantasy

グイン・サーガ⑩

快楽《かいらく》の都《みやこ》

〈JA863〉

二〇〇六年十月　十　日　印刷
二〇〇六年十月十五日　発行

（定価はカバーに表示してあります）

著　者　栗《くり》本《もと》　薫《かおる》
発行者　早川　浩
印刷者　大柴　正明
発行所　株式会社　早川書房

郵便番号　一〇一 - 〇〇四六
東京都千代田区神田多町二ノ二
電話　〇三 - 三二五二 - 三一一一（大代表）
振替　〇〇一六〇 - 三 - 四七七九九
http://www.hayakawa-online.co.jp

乱丁・落丁本は小社制作部宛お送り下さい。
送料小社負担にてお取りかえいたします。

印刷・株式会社亨有堂印刷所　製本・大口製本印刷株式会社

Printed and bound in Japan
ISBN4-15-030863-2 C0193